「俺、先生の好みからは外れてるかもしれませんが、出来るだけ面倒かけないようにしま……っんう！？」
成瀬の「木佐の野郎、覚えてる」という苦々しげな声が耳に届いた。

LiLiK Label

弁護士はひそかに蜜愛

杉原那魅

大誠社リリ文庫

本作品はフィクションです。
実在の人物・団体・事件などには一切関係ありません。

Contents

Hana

イラスト／汞りょう

早くやめばいいのに。

灰色の雲に覆われた夜空を窓越しに見遣《みや》り、櫻井朋《さくらいとも》はひっそりと溜息をついた。

職場である、木佐《きさ》法律事務所の窓際。ブラインドを指先で押し広げ、一向にやむ気配のない雨に、意識せぬまま表情を曇らせた。

濡れた道路を行き交う傘や車のライト。真っ黒に染め上げた紙に色とりどりのインクを落としたかのように、それらは輪郭を滲ませながら闇の中でぼんやりと浮かび上がっている。

車も人も、光も。絶え間なく動いているのに、雨に包まれた世界は静寂に満ちているようで。いつもと変わらないのに、どこか現実味がない。

雨の日は、どちらかと言えば好きな方だ。だが憂鬱《ゆううつ》な気分の時、そして少しでも浮上したいと思っている時は、からりと晴れていてくれる方が嬉しかった。

「てるてる坊主でも作ろうかな」

先日、知り合いの子供が一生懸命てるてる坊主を作っていた姿を思い出す。確か、あれを作った翌日は快晴だった。

「残念だが、明日も雨だとさ」

「わっ！」

突如背後から、誰かの腕が頭の上に乗せられる。軽く体重をかけられ、思わずブラインドに両手をついて前にのめった身体を支えた。ガシャンという無機質な音に、笑い混じりの別の声が重なる。

「さすがのてるてる坊主も、今から降水確率九十パーセントを覆《くつがえ》すのは難しいんじゃないかな」

「せ、先生！」

声を上げて身を捩《よじ》るが、腕の主はびくともしない。それどころか朋の頭越しにブラインドを指先で広げ、面倒臭そうな声で呟《つぶや》いた。

「なんだ、全くやみそうにねぇな」

「明日は出歩くから、出来ればやんで欲しいんだけどねぇ」

朋がもがいている間に、頭上ではのんきな会話が交わされる。どうにかそこから抜け出せば、見慣れた顔が二つ、楽しげにこちらを見ていた。この事務所の弁護士である成瀬《なるせ》秋貴《あきたか》と木佐《きさ》真咲《まさき》。長身の男達の姿に、朋はぐったりとした体《てい》で息をつく。

「先生……お二人とも、驚かさないで下さい」

「んなとこで、ぼけっとしてるからだ」

成瀬が、からかうように唇の端を上げる。さっきまで頭の上に乗せられていた腕は、成瀬のものだ。

ぼさぼさの髪に、無精髭。緩められたネクタイと、襟元のボタンが外されたワイシャツ。背広を脱いで袖を捲り上げた格好は、弁護士という言葉が与える固いイメージからは程遠い。更に視線を落とせば、履《は》いているのは室内用の黒いスリッパ。

長身であり、服装をきちんとして髭を剃れば精悍な顔立ちが際立つのだが、そんな姿になることは稀である。最初は朋も胡散臭《うさんくさ》いと思ったが、慣れてしまったせいか今ではきっちりした姿の方に違和感があった。

「折角、朋君が黄昏《たそが》れてるみたいだったから。なら、驚かさないと悪いよね」

続けて、成瀬の少し後ろに立つ木佐が本を片手に笑う。どうしてそこで『なら』になるのか。無駄とは知っていても、つい突っ込みたくなってしまう。

成瀬とは逆に、木佐の外見は弁護士というイメージそのままだ。一分の隙もなく身につけた三揃えのスーツ。柔らかな髪の色と、すっきりとした端整な顔立ち。加えて、身長の割に細身な部類に入るであろう体躯。

相手に安心感を与える優しげな笑みを絶やすことがなく、だが一方で、それが消えた時には過ぎるほど冷淡に見えてしまう。

朋に対しては基本的に優しい人ではある。が、反応が楽しいからという理由で、面白がってからかおうとするのが玉に瑕《たまにきず》だった。

「てるてる坊主かぁ、懐かしいね。なんなら作って下げておいてもいいよ？」

「……――大丈夫です」

明らかに楽しんでいる口調で窓を指す木佐に、恥ずかしさのあまり俯く。受け流せないから遊ばれるのだと判ってはいるが、これぱかりは性格的に難しい。

（ああ恥ずかし――っていうか先生達、執務室にいると思ったのに）

事務所の奥には、木佐と成瀬それぞれの執務室が個室として設けられており、少し前から二人は木佐の執務室で打ち合わせをしていた。部屋から出てきたのなら扉を開く音なりしたはずだが、それには全く気がつかなかった。

（音、しなかった気がする）

まさか、そこまでぼんやりしていたのか。首を傾《かし》げ、だがすぐに理由を思い出し、確かめるように執務室の方へと視線を走らせた。

（そういえば、開けっ放しだった）

大きく開け放たれた執務室の扉。打ち合わせ中もあそこはずっとあのままで、さっきまで二人の話し声が微《かす》かに聞こえていたのだ。気がつかなかったのは扉の音ではなく、二人の話し声がしなくなっていたことに、だった。

「……ええと、休憩しますか？」

どちらにせよ、子供っぽい思いつきを聞かれてしまったことに変わりはない。顔を上げられないまま、上目遣いに成瀬を見る。赤らんだ頬と、気まずげに引き結ばれた唇。以前よりも明け透けになってきた表情が、大人二人をより一層楽しませているという自覚は、朋自身にはなかった。

返事の代わりのように、成瀬の掌《て》がぽんと頭の上に乗せられる。優しく細められた瞳に、気まずさを苦笑に変えて問いを続けた。

「お茶、入れてきます。何がいいですか？」

「あ、緑茶がいいな」

「コーヒー以外」

ずっとコーヒーを飲みながら仕事をしていた木佐と成瀬が、同時に答える。そんな二人に判りましたと微笑み、朋は足早に給湯室へと向かった。

「朋君がここに来てもう半年以上か。早いよねぇ」

しみじみとした木佐の言葉に、そうですねと頷く。

あれから木佐と成瀬と朋、そしてつい今しがた事務所に到着した男——飯田正宗《いいだまさむね》を加え、四人は木佐の執務室のソファに腰を落ち着けた。テーブルには三人分の湯呑みと、飯田の分であるコーヒーカップが並べられている。

執務室の内装はチョコレートブラウンで統一されており、深い色合いが目に優しく落ち着いた空間となっていた。最初に見た時はモデルルームみたいだと思ったが、慣れてしまえばこれが普通だと思えてしまう。成瀬の執務室の内装もほぼ同じで、デザイン性と機能性どちらをも重視した木佐のこだわりらしい。

「半年なんて、仕事してればあっという間ですよ」

ソファテーブルを挟み朋の斜め向かいに座った飯田が、律儀にいただきますと言いコーヒーを飲む。担当していた事件の事後処理が押していたらしく、平然としてはいるが、顔には隠しきれない疲労が滲んでいた。

「若者と俺達じゃ、時間の流れが違うんだよ」

お前も、時間が早く感じるなら年とった証拠だろう。木佐の言葉に、飯田は年かぁと項垂《うなだ》れた。

飯田は、木佐と成瀬の後輩であり、警視庁捜査一課の刑事でもある。朋がこの事務所に来た頃に起きたトラブルで世話になり、それからも飯田がここを訪れる度に顔を合わせていた。

長身で大柄な飯田は、姿勢もよく、いかにも日本男児という雰囲気だ。普段は木佐と成瀬に年下扱いされているせいか気さくな印象だが、刑事としての側面が出ると途端に気配が鋭くなる。それで子供にもよく怖がられてしまうらしく、過去のトラウマから刑事という存在自体が苦手な朋も、最初は恐怖心の方が強かった。

それでも、飯田が気を遣って出来るだけ朋の前で剣呑《けんのん》な気配をみせないようにしてくれていたおかげで、最近ではあまり身構えることなく話せるようになっている。

「ああ、美味かった」

コーヒーを飲み干した飯田が、人心地ついたと息をつく。それを機に、朋は改めて背筋を伸ばし正面に座る木佐と飯田に頭を下げた。

「木佐先生、飯田さん。お忙しい所にすみません」

朋の言葉に、湯呑みを傾けていた木佐が微笑む。

「朋君さえよければ、聞いておきたいのはこっちもだから気にしなくていいよ。これについては、それこそ何も気にしなくていいから」

「――いや、まあそりゃ間違ってはいませんが。あの、先輩？　もうちょっと言い方ってものが」

後半部分で隣を指した木佐に、当の飯田が諦めたように肩を落とす。もう少し優しくしてくれても、と零《こぼ》したそれもあっさり黙殺され、ううと情けなさそうな声を漏らした。

木佐や成瀬の、飯田に対する態度は常にこの調子だ。昔からの関係を窺《うかが》わせるそれに仲がいいなあと羨《うらや》ましく思いつつも、弄られている飯田を見れば同情を禁じ得ず、乾いた笑いとともにありがとうございますと返した。

朋がこの木佐法律事務所で働き始めて、半年以上が過ぎた。

（半年、か）

今年の春、初めてここを訪れた時点では、まさか自分がこんな風に気楽に笑えるようになるとは思ってもみなかった。半年という期間が、長いのか短いのか。それは判らないが、今の朋にとってこの場所は、かけがえのないものとなっている。

朋にこの事務所を紹介したのは、伊勢《いせ》という知人の弁護士だ。八年程前、とある事件で出会って以降、様々な面で世話になっている恩人ともいえる人である。

まだ中学に入る前、居場所を失った朋を引き取り、高校卒業まで下宿させてくれ。更にここで働き始めるまでの数年間、自身の事務所でアルバイトとして雇ってくれてもいた。

過去の生い立ちや出来事から人と深く関わることを常に避けていた朋が、決定的に人を拒絶してしまわずに済んだのは、伊勢のおかげといっても過言ではない。伊勢は、決して自分から他人に近づこうとしない朋に、常に人と接する環境を与え続けた。

事務所のアルバイトも、中学生の頃伊勢から雑用を頼まれたのをきっかけに始めたものだったが、どちらかと言えばリハビリ代わりの意味合いが強かったのだろう。

(あの頃は、人が少なくて雑用の手が足りないからって言ってたけど)

幾ら人手が少なくとも、猫の手程の役にしか立たない中学生に手伝いを頼む理由などそう多くはないと、年を経た今では判る。

そしてこの春、朋は伊勢の事務所で正式に雇って貰う予定だった。だが伊勢に、知人の事務所で働いて貰えないかという相談を受け、了承した。友人の息子の事務所で、産休代理の事務員が見つからず困っているから、と。

そうして出会ったのが、成瀬達だった。

初対面での成瀬の印象は、ある意味最悪だった。まず、弁護士とは思えない格好に唖然《あぜん》とし。更に、顔を隠すためにしていた伊達《だて》眼鏡と長い前髪を正面から非難され、腹が立った。

癖のないさらりとした茶色い髪に、母親譲りの中性的な顔立ち。少しだけ大きめの瞳。それらは朋にとって、昔有名な女優であった母親との繋がりを唯一示すものであり、それ故に隠さねばならないものだった。

だが成瀬は、そんな朋の事情を一切鑑《かんが》みることなく、髪を切って眼鏡を外せと要求した。突っぱねようにも、それが雇用条件と言われ、紹介者である伊勢の名を出されてしまえば朋に拒否権はなかった。

数年ぶりに眼鏡を外し、顔がはっきり見えるくらいに髪を切り。結果的には、それが朋の長年の心配が杞憂《きゆう》だったことを知らしめた。

二十歳になった朋を見て、すぐに母親を思い浮かべる人はいなかったのだ。

華奢《きゃしゃ》な体躯のせいで小柄に見られてしまうとはいえ、日本人男性の平均にぎりぎり届く程度には身長があり、年齢を経て青年らしさも出てきた。男女の差というのは、案外大きい。親子だと告げれば似ていると言われるかもしれないが、先入観なく朋を見ただけで母親を連想する人はそういない。

顔を上げろ。隠す方が、よほど不自然だ。事情も知らないはずの成瀬にそう言われ戸惑いながらも、朋は今まで気づかなかった事実に安堵《あんど》した。

母親は、八年前朋を庇って刺されてしまった。刺した相手は、朋の実父であり母親の不倫相手でもある石井《いしい》という男の正妻。

その後母親は植物状態となり、朋は叔父から母親に会うことすら禁じられた。叔父にしてみれば、唯一の肉親である実姉の子供とはいえ、未婚のまま産ませるような相手との間に出来た子だ。その上不倫関係だったということが判明し、やり場のない怒りが全て朋へと向けられる形になってしまった。

事件当時、刺した相手の顔を見たのはその場にいた朋だけであり、石井だけが妻の罪と真実に気づいた。だが朋は、当初犯人の素性までは知らず、また目の前で母親が刺されたショックからまともに喋《しゃべ》ることすら出来なかった。石井も口を噤《つぐ》み、結果、犯人への手がかりは見つからず捜査は行き詰まった。

証拠も見つからず、犯人も判らない。そんな状況で刑事は、現場でナイフを握ってしまった朋が、事故もしくは意図的に母親を刺してしまったのではないかと疑った。実際は母親に刺さったそれを弾みで握ってしまっただけなのだが、なぜか刑事の追求は執拗だった。それ故、朋は今もって刑事が苦手なのだ。

石井は、妻と自分の保身を優先した。そして、完全に隠匿《いんとく》するよりも朋達を抱き込むことを選んだ。真実を知った朋や叔父に、慰謝料代わりの膨大な治療費の支払いを約束した上で、口を噤むことを要求し。これ以上の騒ぎを恐れた朋達は、それに従うことを選んだ。石井にしてみれば、公算はあれど、賭のようなものだったのだろう。朋達が真実を明らかにすることを選べば負けてしまう、一か八かの。

肉親である叔父からは、お前のせいだと罵《ののし》られ。刑事達の追求から朋を助け、親身に面倒を見てくれた伊勢もまた、当初石井から監視として寄越された人間だったのだと知り。

誰を信じていいのかも判らず、朋は諦めることでしか自身を守れなかった。

そんな朋に、成瀬は居場所と存在意義を与えてくれた。ここに居ていいのだと、何があっても傍《そば》にいると。そして成瀬に全てを打ち明け――実際には、成瀬は朋の事情を既に承知していたのだが――朋は、ようやく安心していられる場所を見つけた。

「さて、じゃあ本題に入ろうか」

気を取り直すような木佐の声で、現実に引き戻される。両手で包んだ湯呑みから漂ってくるお茶の香りを楽しむ間もなく、朋は湯呑みをソファテーブルへと置いた。

「話は、お母様のことだよね?」

促すような問いかけに、はいと頷く。

「この間、伊勢先生に状況を伺ったので」

そこまで言って一度息をつくと、隣に座る成瀬をちらりと見上げた。これから話す内容を既に知っている成瀬は、促すように頷いてみせる。

「結論からですが……母のことは何も判らないそうです。居場所も、生死も」

「判らない?」

一息に言うと、膝の上で手を組んだ飯田が眉を顰《ひそ》める。

「はい。正確には、事件から一年経たないうちに転院したそうです。同じ頃、叔父とも連絡がとれなくなってそのまま——」

「病院は?」

木佐の問いに、伊勢から聞いた内容を思い出し苦く笑う。

「叔父が、必要な相手には連絡をしているから、それ以外の人間にはたとえ身内でも転院先を教えないで欲しいと病院側に頼んでいたそうです。事件の犯人も見つかっていないという状況でしたから、病院側も口が堅かったらしくて」

そして、申し訳なさそうに言い淀む伊勢の顔が脳裏に蘇《よみがえ》った。

「その時に俺が行っていれば、さすがに教えて貰えたとは思います。でも――」

「まあ、その頃の朋君に聞きに行くぞ、とは言えなかっただろうね」

引き継いでくれた木佐に向けて、曖昧に頷く。伊勢は決して口に出さなかったが、母親の消息を追えなかった最大の原因は朋だったのだろう。

当時の朋は、周囲に対してほとんど反応も返さず、黙って日々をすごしていた。伊勢の世話になっている以上、手間をかけさせてはいけないとそれだけを考え――言い換えれば、それ以外のことを考えられる精神状態ではなかった。

伊勢を責める気持ちはない。そもそも叔父が朋を母親に会わせないと頑《かたく》なに言っていた時、面会出来るよう交渉していた伊勢を止めたのは、朋自身だ。あの頃は自分自身のことで精一杯で、母親に会う勇気がなかった。

目を覚まさないのは朋のせいだと。叔父に言われるまでもなく、誰よりも朋自身がそう感じていたから。

『申し訳なかったね。本来なら、あの頃きちんと調べておくべきだったんだが』

そう詫びた伊勢に、朋はいいえとしか言えなかった。

伊勢の世話になっていた身だから知っている。当時の伊勢は、仕事にも生活にも余裕があったわけではない。言葉通り寝る間も惜しんで働いており、なのに確実に負担を増やしている朋を、実子と同じように扱ってくれた。嫌な顔一つされず、だからこそ、伊勢が実父と繋がっていると知っても恨む気がおきなかった。

言ってくれていれば、と責めるのは簡単だ。けれどそれは今だからこそ言えることであり、当時聞いていたとしても積極的に母親を探そうと思ったかは怪しい。

結局は、朋自身の弱さが招いた結果なのだ。

「朋」

隣から成瀬の手が伸びてくる。くしゃりと髪を掻き回され、微かに咎《とが》めるような声で名を呼ばれた。

「……――はい」

伊勢との話は、成瀬にも一緒に聞いて貰った。成瀬の父親が実父側の弁護士であることから、同席して貰うことに疑問は持たれなかった。朋一人よりも、事情を知る他の人間に聞かせておいた方がいいと思われたのかもしれない。

お前のせいじゃない、と。

話が終わり落ち込んだ朋に、成瀬はそう言ってくれた。あの時のことで、お前が責められることも自分を責めるべきことも何もないのだと。

今も多分、朋が何を考えているか察した上で、余計なことを考えるなと言っているのだろう。

「それで、どうするかは決めたのかな？」

いつものようにあっさりした口調で、木佐が問う。慰めは成瀬から存分に与えられるだろう。自分達が朋に対して出来るのは、手助けだけだと。声とは裏腹に、労《いたわ》るような瞳がそう告げていた。

「探したいと思います」

「あちらが、どんな状況だったとしても？」

木佐が、正面から朋を見据える。見つけたとして、叔父がどういった対応に出てくるか判らず、最悪、既に亡くなっている可能性もある。それでも探すのか、と。

だがそれらを示唆《しさ》されても、朋の考えは変わらなかった。結果を恐れて何もやらないのでは、これまでの自分と変わらない。まずは母親を探し、後のことはそれから考える。もし望みが叶わなくても、それで朋自身のけじめはつく。

「はい。会えない覚悟はしています。でも、もう逃げたくはないです」

きっぱりと木佐と飯田に向かって告げた朋は、再び成瀬を見上げ、そして居住まいを正し三人に向かって頭を下げた。

「お願いします、力を貸して下さい」

「はい、よく出来ました」

くすくすと、まるで子供を褒《ほ》めるような木佐の声。と同時に、ぐいと隣から肩が引き寄せられた。

「せ、先生！」

「煩《うるさ》い」

身体を包む体温。成瀬の肩口に頬を押しつけられ、すぐに抱き寄せられたのだと気づく。

木佐達の前で何を。離れようとするが、肩に回された手にぐっと力が込められ阻《はば》まれた。

「あー、成瀬先輩？　そんな、俺達が櫻井君虐《いじ》めたような顔して睨まないで下さいよ」

「あはは。朋君、今更だからそんなに恥ずかしがらなくても大丈夫だよ」

飯田の嫌そうな声と、木佐の笑い声。どうしていいか判らないまま、結局、押し当てられた成瀬の肩に顔を埋めた。

「うう……」

先程までの緊張感など、欠片も残さず吹き飛んでしまった。恥ずかしさと言い終えた安堵から、ぐったりと脱力する。その一方で、成瀬が木佐達に不機嫌そうな声を向けた。

「面白がるなよ、木佐」

「ん？　朋君が自分で頼むことに意義があるって思ったから、終わるまで黙ってたんだろう？　甘やかすだけなら、とっくに口出して仕切ってるだろうに」

「本当、素直じゃないですよね」

口を揃えて言う木佐と飯田に、成瀬が朋を抱え込んだまま舌打ちする。否定しないということは、彼らの言う通りなのだろう。

当初朋は、木佐達はもちろん、成瀬にも頼るつもりはなかった。出来る限り自分の手でやってみて、駄目ならば相談しよう。そう思っていたのだ。

だが、そんな朋の考えは成瀬に見透かされていた。

『一人でやるのもいいが、俺の立場はどうなる』

傲然《ごうぜん》と言われ呆気にとられたものの、それは同時に朋を戒《いまし》める言葉でもあった。明らかに自分の手に余ることを、あらかじめ人に相談し手を借りることは、決して悪いことではないのだと。

『俺や伊勢先生、木佐に……飯田も入れておくか。お前より年も経験も積んで、知恵を出せる人間がこれだけいる』

自力でやってみてから人に教えを請うのもいい。だが一人でどうにかなる問題か、先にそれを見極めることも大事なのだと。

後は、自分で決めろ。そう告げられ、答えは朋自身に委《ゆだ》ねられた。

朋一人の手に負えないことは最初から判っている。それでもと思ったのは、これ以上成瀬達の手を煩《わずら》わせたくないという思いからだった。どこまで頼っていいのか。それが朋には判断出来ない。ただ、折角自分を快く受け入れてくれた人達に、頼りすぎて疎《うと》まれるようなことだけはしたくなかった。

けれど、ふと考えたのだ。

事務所に入ったばかりの頃、朋は誰かに狙われ度々怪我を負っていた。いつも怪我をする程度で抑えられていたそれに、さほど殺意は強くはないだろうと誰にも相談せずにいたのだ。ただじっとやりすごし、相手が諦めるのを待つ。そんな選択をした。

過去のことを成瀬達に話せば、同情されるか腫れ物に触るように扱われるか、どのみち居心地の悪い思いをしなければならなくなる。それが嫌だったというのは、我《わ》が儘《まま》以外の何物でもない。それでも成瀬達は、何も言わず朋に手を差し伸べてくれた。

だが今回は違う。成瀬は朋に判断を任せた。言わなくてもやってくれる、ということを期待したわけではない。単純に、違いが気になったのだ。手助けが必要かどうかを選ばせる。それはつまり、朋自身が誰かを頼る機会を作ってくれたのではないか、と。

結果的に、朋は助けを請うことにした。その選択が間違っていなかったことは、今の成瀬達の言葉から明らかだ。よかった。安堵し、微笑む。

「あの、先生……そろそろ」

離してくれませんか、という言葉は綺麗に無視されてしまう。羞恥と居心地の悪さから視線を落としていれば、不意に頭上から成瀬の声が聞こえてくる。

「必ず、見つけてやる」

きっぱりとした声。肩に回された腕に、力が込められる。顔は見えないが、真剣な表情をしていることは容易に想像が出来た。

「俺達も、出来る限りの協力はさせて貰うよ。――まあ、そういう意味ではこいつはおまけみたいなものだけど。ないよりはましかな」

「だから先輩、おまけはひどくないですか？　そりゃあ俺は、職業柄何かがおきないと動けませんけどー」

木佐の言葉に、飯田がいじけた声を出す。

受け入れて貰えているという感覚。朋は、こみ上げてくるものに声を詰まらせたまま、成瀬の肩に顔を押しつけた。滲みそうになった涙を目を閉じてごまかし、離して欲しいと言うようにそっと成瀬の身体に手をつく。今度はすんなりと解放され、きちんと座り直すと、再び三人に向き直った。深く、感謝を込めて頭を下げる。

「ありがとうございます、よろしくお願いします」

十一月も終わりになれば、秋から冬の気配へと移り変わっていく。まだ耐えられない程ではないが、そろそろ外回り中にもコートが必要になってくるだろう。

午後の外回り、一通りの用事を済ませて事務所へ戻る道すがら、朋は薄い大判の封筒を持ち直した。

歩道に散った落ち葉が、足下でさくさくと軽い音を立てる。ふわりと浮いては舞う葉を視線で追えば、ふと、進行方向にあるコンビニに目が止まった。店の入口前に立ち、落ち葉を掃く店員の姿。どれだけ集めても次々と頭上から降り注いでくる光景は、申し訳ないと思いつつも笑みを誘われた。

「……あ」

思わず、同情的な声が漏れる。こちらに向かって走ってきている男が、店員が箒《ほうき》で集めた葉を蹴散らしてしまったのだ。背後を気にしているため、自分が踏んだものには気づかなかったらしい。店員が、落胆した様子で掃除をやり直し始める。可哀相《かわいそう》にと思いつつ、だが前を見て再び声を上げた。

「危な……っ」

「え!? っとと!」

気がつけば、振り返りつつ走っていた男が、道の端を歩いていた朋の方に向かってきていた。反射的に足を止めて身構えたが、幸い、朋の声に気がついた男が間一髪で避ける。

ばさり、という微かな音。だがそちらを見る間もなく、もう一度背後を気にした男が朋に勢いよく頭を下げた。

「ごめん! 怪我は!?」

「あ、いえ」

「大丈夫? 本当にごめん!」

朋の答えを聞くなり、男がその場から走り去る。いえ、ともう一度気の抜けた返事をして見送り、危なかったと胸を撫で下ろす。そして踏み出そうとした足が、何かを蹴った。

「あれ?」

足下に革製の黒い財布らしきものが転がっている。拾い上げ、先程の男が走り去った方向を見てから、財布に視線を落とした。

「……——やっぱり、そうだよな」

十中八九、さっきの男が落としていった物だろう。どうしようか。逡巡《しゅんじゅん》し、ひとまず男が去った方向に行ってみようかと考える。

「いなかったら、交番に持っていけばいいか」

確か、この近くに派出所があったはずだ。そう思い、今来た道を駆け足で戻る。運がよければ、途中にある信号かどこかで捕まるかもしれない。

走り始めてから、ちらりと腕時計を見る。事務所を出てから一時間。今日は郵便局も混雑しておらず裁判所での謄写《とうしゃ》もスムーズに出来たので、予定より早めに用事が片づいていた。警察にこれを届けるだけなら、さほど時間もかからないだろう。

「あ！」

数分程走った先、男が歩道の端で行き交う車を見ながら立っていた。長身に黒い細身のジャケット。見たのは一瞬だったが、間違いない。車を探すそぶりをしているのは、タクシーを拾おうとしているのか。

「あの、すみません！」

男の前で一台のタクシーが停まったと同時に、慌てて走り寄り声をかける。はっとしたようにこちらを振り返った男の顔が、朋を見て怪訝《けげん》なものに変わった。

「あの。落とし物、しませんでしたか？」

万が一違った時のために、財布とは言わずにおく。すると、眉根を寄せた男が無意識のようにぽんとスラックスの尻ポケットの辺りを叩き、目を見開いた。

「あれ、財布が……」

なくなっているものに気づき、男が慌ててポケットを探り始める。その姿に、朋は持っていた財布を差し出した。

「これじゃないですか？」

「あ！　って、もしかして君さっきの」

「あちらでぶつかりそうになった時に、落としたみたいですよ」

今しがたやってきた方向を指差せば、男が納得したように頷く。と、男の背後からタクシーの運転手がどうするのかと声をかけてきた。

「じゃあ、俺はこれで」

落とし物は無事に返せたし、用は済んだ。会釈《えしゃく》をし、立ち去ろうと踵《きびす》を返す。だがその途端、背後からぐいと腕を掴まれた。

「え？」

「ごめん。お礼がしたいんだけど、ちょっと急ぐから付き合って。すぐ終わるから」

「は!?　え、ちょっと！」

ぐいぐいと思わぬ力で引き摺られ、タクシーに押し込まれてしまう。続いて男が乗り込んできて、行き先を告げる。目的地がここからほど近いテレビ局だと気づいた時には、既にタクシーが走り始めていた。

「困ります。仕事中なんです、降ろして下さい」

隣に座る男に訴えれば、男は黙ったまま眼鏡を外した。困ったような笑みを見せ、朋の方を向く。

今まではっきりと顔を見ていなかったが、男はかなり整った顔立ちをしていた。二十代後半か三十くらいだろうか。落ち着いたブラウンの髪は、やや癖があるのか緩く跳ねている。少しだけ下がり気味の目尻が、穏やかで気安い印象を与えていた。

「ごめんね、ちょっと記者に付き纏《まと》われていたんだ。もう少ししたら着くから、そしたらちゃんと送らせて貰うよ」

「記者？」

あまり聞きたくない単語に、警戒心が湧く。身体が自然と逃げを打ち、狭い車内で僅《わず》かに男から距離をとった。

「もしかして、判らないかな」

「は？」

どこかで会っただろうか。だが、やはり見覚えはなく一層訝《いぶか》しげな目で見れば、男はそうかと苦笑した。

「君くらいの年なら、知っていると思ったんだけど。俺は、椋木章《くらきあきら》。一応これでも役者なんだ」

「……――っ」

よろしくね、と笑う男――椋木の言葉に、ぎくりと身体が強張る。上げそうになった声をどうにか飲み込み、隣に座る椋木を見つめた。睨みつけてしまわないようにするのが精一杯だった。

（俳優……）

全ての芸能人が、母親を知っているわけではない。だが一般の人間より、知っている可能性は遙かに高かった。言わなければばれないとは思うが、今すぐこの場から逃げ出したくなってしまう。

「あれ、大丈夫？　驚かせたかな？」

肩に触れられそうになり、咄嗟《とっさ》に身体を引く。避けられるとは思わなかったのか、椋木の呆気にとられた表情に、しまったと焦る。

「あ。す、すみません。ちょっと、驚いて……芸能人の方に会ったの、初めてで」

「ああ、そうか。そんなに固くならなくても、普通と変わらないよ」

しどろもどろになりながら言い繕《つくろ》えば、納得した様子で椋木が笑う。緊張で挙動不審になっていると思われたのだろう。適当に思いついた言い訳だったが、ごまかせたようでほっとする。

「そうだ、お礼。――ええと、普通は取得物の何パーセントかだったかな？」

「いえ、いりません。返せればそれで」

きっぱりと断った朋に、椋木が困ったように、でもと言い募る。

「それじゃあ、俺の気が済まないし。ああ、なら、もしよかったら今度時間がある時にお茶を奢《おご》らせてくれないかな」

「……――すみません、お気持ちだけで十分です」

固辞《こじ》すれば、まじまじと朋を見た椋木が更に困った顔をする。なんだか自分が駄々《だだ》をこねているような気分だ。もう一度すみませんと頭を下げれば、それじゃあ逆だよと苦笑される。

「別に、君は何も悪いことはしていないんだし。まるで俺が虐めているみたいだ」

「あ、いえ。そんなつもりは……」

元々、そこまで大げさに礼をされることはしていないのだ。せいぜい道を戻ったくらいなのだから、気にしないで欲しい。関わりたくないというのが本音ではあるが、それを押し隠して説明すれば、椋木が声を上げて笑った。

「冗談だよ。まあ、迷惑になっても悪いからお茶も諦めよう。本当に助かった。さすがに財布がないと困ったからね」

「いえ」

さほど押すこともなく引いてくれたことに、ほっとする。早く着いてくれないかと窓の外に視線をやれば、椋木が告げたテレビ局の建物が遠くに見えてきた。

「それにしても、振られたのは久々だ。判って貰えなかったし……自信なくすなあ」

がっくりと大げさに肩を落とした椋木に、朋は慌てて言い添える。

「振られたって。俺、男ですよ。それに、芸能人の方はほとんど知らないんです」

「そうなの？　でもテレビとかつけていれば、誰か出ているだろう？」

不思議そうに問われ、それはテレビをつける習慣があってこそだとこっそり思う。そもそも、朋の場合それ以前の問題なのだが。

「……――うち、テレビがないので」

「は⁉」

ぼそりと呟けば、信じられないといった声が上がる。横目で見れば、椋木が驚愕《きょうがく》の眼差しで朋を見ていた。その反応に、テレビはあまり観ないと言っておけばよかったのだと気がついたが、後の祭だ。

「今時……」

「あまり、興味もないので」

家にテレビがない理由は別にあるのだが、それは話さない。それに、朋自身テレビ番組に興味がないのも本当だ。ニュースは基本、ラジオで聞いている。新聞は伊勢の事務所でも木佐の事務所でも、複数の新聞を取っているため、読み終わった新聞を片付ける際に読ませて貰っていた。

どちらの事務所も、事務員であっても事件などの記事に目を通しておくのは仕事のうちというスタンスのため、手が空いている時であれば好きに読んでいいと言われていた。

「へえ、そうか……テレビのない家ってあるんだ」

感心したように言われ、苦笑する。朋自身は特に困っていないが、大抵この話をすると驚かれるのだ。成瀬には、仕事柄ニュースを観る必要がなければ、なくても困らないなと同意されたが。

「ああ、着いたか」

テレビ局の敷地内に入り、車止めにタクシーが停まる。精算を済ませた椋木が降りるのに続いて、タクシーを降りた。

「うーん、やっぱりお茶くらいは奢らせて欲しいなぁ」

諦めきれないといった態度に、すみませんと繰り返す。むしろ、どうしてそこまでこだわるのか。朋にはそちらの方が不思議だった。

(ちゃんとしておかないと、色々言われるのかな)

まあどちらにしても自分には関係のない話だ。目的地には着いたのだから早々に立ち去ろう。そう思い辞去しようとした所で、椋木がそうだと声を上げた。

「名前、聞いてなかった。教えて貰えるかな?」

「え……?」

まさか聞かれるとは思わず、言葉に詰まる。椋木が名乗っている以上、名乗らないのは失礼かもしれない。だが相手は芸名なのだし、正直に教える必要があるのだろうか。一瞬で、色々な考えが脳裏を巡った。

椋木を見れば、朋の答えをにこやかに待っている。断る理由も見つからず、諦めて口を開いた。

「朋、です」

「朋君か。名字……」

「あ！　章!!」

唐突に、建物の方から男の声がする。そちらを見れば、テレビ局の出入口から男が一人駆け出てきた。椋木より少し上といった風情の男は、きっちりとスーツを身につけている。

「あ、やばい」

椋木が、思い出したように腕時計を見る。時間を確認し、朋に向かって拝《おが》むように片手を上げた。

「時間がないの忘れてたよ。朋君、あれ俺のマネージャー。このまま君を送るように言っておくから。じゃあね！」

「え？　いえ、俺……」

このまま一人で帰ります、と言おうとした時には、既に椋木は建物の方へと走り去っていた。途中で立ち止まりスーツ姿の男と二、三言交わして、慌ただしく中へ入っていく。

そうして、椋木と入れ替わりにこちらへ向かってくるスーツ姿の男に会釈を返し、朋は早く事務所に帰りたいと密かに溜息をついた。


「それで、結局送られたってわけか」

「バスを使えば帰れる場所だったので、そう言ったんですけど。仕事中に抜け出させた謝罪を、どうしてもさせて欲しいって言われて……」

キッチンで洗い物をしながら疲れたように言う朋に、皿を運び終わった成瀬がくくっと喉奥で笑った。隣に立ってシンクに凭《もた》れたまま、お疲れさんと朋の髪をくしゃりと掻き回す。

結局あれから、朋は椋木のマネージャーに送り届けられた。マネージャーは事務所にいた木佐に事の次第を説明し、仕事中の朋を連れ出したことを謝罪するとすぐに帰っていった。

事務所のもう一人の事務員である女性……榛名亜紀《はるなあき》から聞いた所によると、椋木は有名な俳優らしい。ドラマや映画にも多数出演し、名前か顔のどちらかは知っている人が多いだろうと言われた。ただ最近はあまり露出もなく、ごくたまに舞台などで名前を見る程度なのだという。

朋がその辺りの情報に疎いことは、榛名も承知している。素直に判らなかったと言えば、それはショックだったでしょうとひとしきり笑われてしまった。

そして終業直前、外出していた成瀬が事務所に戻り残業を頼まれた。それ自体はよかったのだが、送っていくと言われ素直に車に乗った後、着いたのは自分のアパートではなく成瀬のマンションだった。

当然、朋は自分の部屋に帰るつもりでいた。

ここ最近、成瀬は抱えている案件のせいか外出も多く、かなり忙しそうにしている。更に朋の母親の件でも主だって動いてくれており、多忙に拍車がかかっていた。内容が内容だけに、他の人に頼むことも出来ず。けれど、情報源として最も有力なのが成瀬の父親であるため、どうしても成瀬に動いて貰うしかなく。手が空いている時で構わないからと言ってはいるが、気にするなと言われて終わってしまっている。

朋自身何かしたいと思ってはいても、出来るのは病院で母親のことを知っている職員を探すくらいで。下手に動けばいらぬ騒ぎを引き起こす可能性もあり、最終的には『今は大人しくしていろ』という成瀬や木佐の言葉に従わざるを得なかった。

そんな自分の役立たずぶりに落ち込みつつも、他に何かと考え。けれど結局、疲れている成瀬をゆっくり休ませることしか思いつかなかった。だからこそ、しばらく成瀬の家に来るのは控えようと決めていたのだ。

だが、人がいてはゆっくり休めないからという朋の主張はあっさり無視されてしまい。押し切られる形で今こうしているというわけだ。

ならばせめて食事くらいはと、冷蔵庫にあった食材で簡単に夕食を作り。そうして成瀬から問われるまま、昼間会った椋木のことを話していたのだ。

「椋木章、か。確かだいぶ前に、映画か何かで話題になったような気がするな」

「って、榛名さんに聞きました。有名な人みたいですね」

朋がテレビや映画をほとんど観ないのは、ブラウン管に映る母親の姿を思い出したくなかったからだ。小さな頃は、母親が出演していたドラマや映画をよく観ていた。一切観なくなったのは、事件後からだ。

（まあ今は、それに慣れただけだけど）

思い出したくないという拒否感はだいぶ薄れており、たまに成瀬の部屋のテレビで洋画を観たりもする。ただ、観ないという生活習慣が出来上がってしまっているため、日常生活にテレビがなくてもさほど困らないのだ。だから、買う気もしない。

「テレビ観ないのって、そんなにおかしいですか？」

昼間、椋木が見せた驚愕の表情を思い出し、今更ながらにむっと唇を尖らせる。笑われるのも心外だが、あそこまで驚かれても微妙だ。

「別に、おかしかないだろ。家にあったって滅多《めった》に観ない奴もいる」

軽い笑い声がし、指で顎を掬《すく》われる。つられるように首を横に向け成瀬を見上げれば、頭上に影が差した。

「……――っ」

柔らかく重ねるだけの口づけが、二、三度繰り返される。最後に少しだけ長く押しつけられた唇が、ゆっくりと離れていく。無意識に視線で追いそうになり、慌てて俯いた。一瞬遠のいていた水の冷たさが、指先に戻ってくる。

「お、皿……危な……」

皿を落としそうで危ないから、洗い物中はやめて欲しい。そう言おうとしたが、呂律《ろれつ》が回らず舌を噛みそうになってしまう。赤くなる頬をごまかすように手元の皿に視線を戻した。

成瀬とは、気持ちを伝えてから幾度もこうした触れ合いを重ねている。むしろそれ以上のこともしているのに、未だにこの程度でどぎまぎしてしまう。最初に比べて慣れたといえば慣れたのだが、胸の高鳴りは変わらず、何をされるか予測出来るようになった分一層ひどくなったような気もする。

少しだけ、苦みの混じったキス。成瀬が吸う煙草の味をいつの間にか覚えてしまっていることに、羞恥が増す。以前身体に悪いと諭《さと》してから少し本数を減らしているようで、朋の前で吸う回数も、買い出しついでに煙草を頼まれる回数も減ってきている。だが、微かな苦みは変わらなかった。

「終わったか？」

早くなった心拍数を戻そうと、つらつらと違うことを考えて気を逸《そ》らす。そうして最後の皿を洗い終わった直後、声とともに、手の中にあったそれをひょいと奪われた。

「あ！」

カシャンと、成瀬の手によって食器乾燥機に入れられた皿を目で追う。その隙に横から抱き寄せられ、身体が傾ぐ。咄嗟に成瀬の身体に手をつこうとしたが、自分のそれがまだびしょ濡れだということに気づき、そのままの勢いで成瀬の胸にぶつかった。

「先生！」

成瀬に正面から抱きつくような体勢になってしまい、濡れた手の行き場に困り声を上げる。ぱたり、ぱたりと手から水滴が落ちていく。床が濡れると焦るものの、成瀬の背に手を回せばシャツが濡れてしまうためそれも出来ない。両腕を伸ばした状態で硬直していると、堪《こら》えきれないといった風に成瀬が噴き出した。確実に、朋の反応を見て面白がっている。

「別に、水だろうが。濡れたって乾く」

「そ、んな……」

それでも成瀬の背に手を回せずにいれば、見上げた朋の額に口づけが落とされた。朋の逡巡など意に介さず、抱き寄せた身体を少しだけ離した成瀬が頬に手を当ててくる。

「あ……」

吐息混じりの声が、零れ落ちる。それを掬うように唇を重ねられ、自然と瞼を落とした。長く重ねられ、微かに離れ。また落ちてくる。幾度も繰り返し、徐々に身体から力が抜けた頃、甘くなった歯列からゆっくりと舌が差し込まれた。

「……は、ん……っ」

僅かな隙に息を継ぐと、その息ごと再び塞がれる。次第に息苦しさが増し、無意識のうちに濡れたままの手を成瀬の背に回しシャツを掴んでいた。

「……っふ」

ゆったりとした動きに、あやされているようで。とろとろとした意識の中で、今自分が何をしているのかを自覚したのは、ようやく解放され成瀬に行くぞと腕をひかれた時だった。

「……せ、先生。今日は帰ります」

やっとのことで言わなければならないことを思い出し、その場に踏み止まる。それ以上動かなくなった朋に、足を止めた成瀬がふうんと読めない表情で目を眇《すが》めた。

「どこにだ？」

「どこに って……家、ですが」

他のどこに朋が帰るというのか。すると、続けて「理由は」と問われる。

「明日も仕事ですし。先生だって、休める時に休まないと……」

通常、成瀬の仕事が増えれば、担当事務員である朋の仕事も増える。だが現状、朋には普段程度の仕事しか渡されておらず、榛名に頼んでいる気配もない。となれば、恐らく成瀬が全てやっているのだろう。

(手伝えないことを、手伝いたいって言っても困らせるだけだし……)

母親のことは仕方がなくとも、事務所の仕事なら、とは思う。だが一方で、現実問題として朋が手を出せない仕事もあるため、迂闊《うかつ》に申し出るのも躊躇《ためら》われた。

木佐も成瀬も、普段から二人でなければならないもの以外は事務員に回している。朋に割り振られないという時点で、自分に出来ないことだと予想はついた。だからせめて、家では一人でゆっくり身体を休めて欲しいのだ。

だがそれらの心配は、沈黙の後、成瀬に叩き落とされてしまう。

「却下」

微塵《みじん》も動かぬ表情で切り捨てられ、唖然とする。言葉を失った朋を気にした様子もなく、成瀬は朋の肩を抱きキッチンを離れた。

「休みたいから連れてきたんだ。帰られてたまるか」

「え?」

「ついでに。人がばたばたしてる間に、のんきにナンパなんかされてたお仕置きもしないとな」

「ナンパされ……——っ」

今、しれっと聞き捨てならないことを言わなかったか。茫然《ぼうぜん》としていると、いつの間にか肩を押され寝室へと連れ込まれていた。

「小さい頃、知らない人間についていくなって言われなかったか？」

意地の悪い笑みに、顔をしかめてしまう。あれは、どう考えても不可抗力だ。そう言おうとしたが、ベッドに座るように促され、そのまま口づけられてしまった。

「万が一また会っても、ついていくなよ」

その声に微かな心配の色を感じ取り、触れ合った唇で小さく微笑む。自分から唇を寄せると、少しだけ顔を離し成瀬を正面から見る。

「大丈夫です。もう二度と会うことはないでしょうし、会っても関わりません。……俺も、自分から面倒に関わりたくはないです」

本心からそう告げた言葉に、成瀬が満足げに笑う。忘れるなよ、と指先で唇を辿《たど》られる。その心地好さに猫のように目を細め、朋はもう会うこともないだろう椋木の顔を記憶の隅に押しやった。

「お世話になりました。ありがとうございます」

「また何かありましたらご連絡下さい」

事務所の入口から出た所で、依頼人である中年男性が頭を下げる。それに微笑んで答え、朋は男性がエレベーターに乗るのを見送った。

「ん？」

入れ替わるように、隣のエレベーターが開き痩身《そうしん》の女性が降りてくる。オフィスカジュアル程度にラフな服装と薄いメイク。すっきりとした、清潔感のある女性だった。黒髪が、肩にかかる長さでさらりと揺れている。

入口の扉を開けたまま様子を窺えば、女性は真っ直ぐ事務所に向かって歩いてきた。じっと見てしまった朋に、不思議そうな顔をして少し首を傾け微笑む。

「こんにちは、こちら木佐法律事務所ですか？」

「は、はい。ご依頼ですか？」

柔らかいながらもはきはきとした口調に、すぐに我に返る。慌てて頷き、中途半端に閉じていた扉を大きく開き直した。

「依頼といえば依頼かしら。あ、ごめんなさい。こちらに成瀬秋貴さん、いらっしゃいますか？」

「成瀬ですか？　あの……」

名指しされ、つい疑問を顔に浮かべてしまう。依頼人が木佐や成瀬を指名する場合はあるが、敬称を『さん』で呼ぶのは同業者くらいだ。目の前の女性に弁護士バッチは見当たらない。何かの営業という可能性もあり、迂闊に答えていいものかと口ごもれば、女性がにこりと笑んだ。

「成瀬の友人の、石川佳織《いしかわかおり》と申します。そう伝えて貰えれば判ると思うので、取り次いで頂けます？」

「石川様。あ、はい。すぐに伝えて参りますので、少々お待ち頂けますか？」

女性……佳織が通れるように道を空け、事務所の中へと促す。誰だろう。胸の奥に一抹の不安が過《よぎ》った。

(先生の友達？)

聞いたことはないが、佳織の台詞から親しそうな雰囲気は窺えた。ひとまず入口近くで待って貰い、すぐに確認してきますからと頭を下げる。

「突然ごめんなさい。お願いします」

そう告げた佳織に、朋はぎこちなく笑みを返してみせた。

「……やっぱりお前か」

「やっぱりって。久しぶりなのに、そんな言い方しなくてもいいじゃない」

応接スペースにやってきた成瀬の第一声は、深々とした溜息混じりのものだった。佳織を中に通しお茶を出していた朋は、そんな成瀬の反応に内心で驚きつつも、邪魔にならないようゆっくり後ろへ下がる。静かに応接スペースを出て行こうとすれば、成瀬から声をかけられた。

「木佐が呼んでる。執務室に行ってくれ」

「え？　は、はい」

常にない台詞に面食らい、だが客の前ということもありともかく頷く。佳織に向かって一礼し、そっとその場を後にした。

背後から、なんの用だという成瀬の声が聞こえる。気安い人間に対するぞんざいな口調に後ろ髪を引かれつつも、立ち止まって盗み聞きするわけにもいかず、事務員用のスペースへ戻った。お茶を運んだ盆を机の上に置き、木佐の執務室の扉を叩く。いつものように返事を待たず、そっと扉を開いて中の様子を窺う。

木佐と成瀬の執務室を開く時、来客時以外はそのまま入って構わないと言われている。仕事中、声をかけても気がつかない場合もあるためだが、朋も榛名も一度は必ずノックしてから開くようにしていた。

「ん？　どうしたの、朋君。何かあった？」

木佐の執務室に足を踏み入れると、顔を上げた木佐が不思議そうに声をかけてくる。呼んでいたという成瀬の言葉と反応とが嚙み合わず、つい眉根を寄せてしまった。

「成瀬先生から、木佐先生が呼んでいるって聞いたんですが……」

「僕が？」

目を丸くした表情から、どうやら勘違いだったようだと思い直す。違うみたいですねと苦笑し執務室を後にしようとした朋を、木佐の声が引き留めた。

「ああ、待って朋君。ちょっと聞きたいことと、頼まれて欲しいことがあるから」

「聞きたいこと、ですか？」

何か、木佐に聞かれるようなことがあっただろうか。首を捻《ひね》りつつ木佐の執務机に近付けば、すっと入口方向を指差された。

「成瀬。今、来客中？　誰が来てる？」

唐突な問いに、どうして判ったのかと思いつつ、はいと頷く。来客時はいつも、事務員が出て木佐や成瀬に取り次ぐ形を取っている。そのため、取り次がれなかった方は来客の存在すら知らない場合もある。事務所入口のチャイムが鳴らされれば別だが、佳織のように直接通した場合は特に。意図的に大きめの声を出さない限り――つまり依頼人と普通に会話する程度の声では、執務室の中には届かない。

「石川さんという女性の方がいらしています。先生のご友人だと……」

「石川？　ああ、そういうことか」

思い当たる節があったのか、木佐が頷いて朋から視線を逸らす。うーんと唸《うな》り、ちらりと朋の方を見る。次いで、呆れたような笑いが口元に浮かんだ。

「聞かれたくないって？　馬鹿だねぇ」

「木佐先生？」

「うん、まあいいか。ごめんね、聞きたいことは今ので終わり」

一体なんだというのか。疑問符を顔全体に貼りつけた朋に、木佐は、こっちが頼まれて欲しいことなんだけどと、さっさと話を変えてしまう。

「また、直《なお》を預かることになってね。申し訳ないけど、少しの間でいいから面倒見てやって貰えないかな。本当は朋君ごとうちに泊まって欲しいぐらいなんだけど、それはあの独占欲の塊《かたまり》みたいなのが許さないだろうし。ってことで、何日か成瀬に預ける予定だから、一緒に泊まってやって」

「……――はあ」

一息でそう言った木佐に、圧倒され頷く。若干突っ込みどころがあったのは気のせいか。そう思いつつ、聞いた言葉の中から馴染みのある単語を拾い上げた。

「直、また留守番ですか？」

檜垣《ひがき》直は、木佐の従姉の子供で今年六歳になったばかりの少年だ。朋がこの事務所に来た頃、木佐が預かり事務所に連れてきていたことで知り合った。

実の両親があまりいい親ではなかったらしく、縁あって木佐の従姉夫婦が引き取った時には、実年齢に比べかなり小さく痩せ細っていたらしい。十分な食事も与えられておらず、随分成長が阻害されていたそうだ。今でもその名残はあり、同年代の子供と並んでも一回りは小さい。

それ故なかなか人に慣れず、引き取った今の両親と木佐、直を引き取る際に尽力した成瀬など、慣れた人間以外の前には姿も見せないといった有様《ありさま》だった。

だがそんな直が、なぜか朋にはすぐに懐いた。出会った時はほとんど喋らなかったのだが、ある出来事をきっかけに今では少しずつ自分から話すようにもなっている。

ちなみにそのことについて、木佐が直の両親に朋のおかげだと説明したため、必要以上に感謝されてしまい、逆に恐縮してしまった程だった。

「ちょっとね。直の母親が車にひっかけられて怪我しちゃったんだ」

「え!?」

木佐の答えに思わず身を乗り出せば、大丈夫だよと制するように掌が向けられる。

「幸い、転んだ拍子に捻挫《ねんざ》した程度だったから。相手側がそのまま病院に連れて行ってくれて、骨にも異常がなかったそうだよ」

信号のない場所で、車に気づかず道を渡ろうとしていた子供を止めた時、運悪くかすってしまったらしい。相手も子供の姿に気づきブレーキを踏んでいたため、深刻な事態にはならなかったようだ。

「そうですか……」

直の母親には以前会っており、他人事とは思えなかった。大事はなかったと聞いてほっと胸を撫で下ろす。

「まあそれでも、ひどく捻って歩くのも一苦労なのは確かでね。旦那は海外だし、家の中のことを一人でやるのは大変だろう？　それで、足の痛みがとれるまで実家に戻ることになったんだ。けど、そっちは人の出入りが多くて」

どうやら直の母親の実家では、週に二度お茶の教室を開いているらしい。それ以外にも客が多い家で、不特定多数の大人が出入りするため、直が部屋に籠《こ》もりきりになってしまうのだという。同年代の子供であれば逃げることもなくなっているが、やはりまだ、見知らぬ大人に対しては人見知りが激しいようだった。

「それで、少しの間うちで預かることになってね。人の出入りはここも一緒だけど、慣れた人間も多いからその分安心だろうってことで」

そしてその時、朋に手伝って貰うから、と公言したらしい。

「え？」

「最近、朋君の名前を出せば一発なんだよね。僕よりも信頼されてるよ」

あっけらかんと言う木佐に、そんなことはと苦笑する。

「今日の夕方迎えに行って、ここに連れてくるから。出来れば帰りに会ってやって。朋君の所に行きたそうにしていた割に、なかなか言い出せなかったみたいだし」

「はい」

「お願いしたいことは、そのこと。さて、そろそろいいかな」

「は？」

席を立った木佐が、朋に向かっておいでと手招き執務室の扉を開く。後を追えば、木佐は躊躇いもなく応接スペースへと入っていった。スペースを囲むように立てているパーティションの前までついていった朋は、そこで足を止める。

あそこに入れということだろうか。だが、関係のない朋が入っていくのはまずいだろう。その場で二の足を踏んでいれば、成瀬の不機嫌そうな声と木佐の遠慮のない声が聞こえてきた。

「木佐」

「失礼。どうも、ご無沙汰《ぶさた》しています」

木佐にはおいでと言われたが、入ることは出来ない。が、立ち去ることも出来ず、結局パーティションの傍で立ち尽くしてしまう。

「お久しぶりです、木佐さん。お仕事中申し訳ありません」

どうやら、佳織は木佐のことも知っていたらしい。その声に、こちらこそお話し中に失礼しますと木佐が如才《じょさい》なく応じた。

「石川さんがいらっしゃっていると聞いて、顔を出させて頂いたんですが。何か困ったことでもありましたか？」

「久しぶりに成瀬を訪ねてきた、じゃ理由にならないでしょうか」

ふふ、という軽い笑い声。やはり親しい間柄だったのだ。湧き上がる胸のざわめきに、落ち着こうとゆっくり息を吐く。

「生憎《あいにく》、なりませんね。七年前に別れた相手の所に、しかも仕事中突然来たからにはそれだけの理由があるでしょう」

(別れた……)

ぐらりと、視界が傾いだ気がした。

男女の間で『別れた』という言葉が出るのは、二人が付き合っていたという前提があってこそ。七年前ということは、過去のことになって久しいのだろう。だが、ずしりと砂を詰め込まれたような胃の不快感は消えなかった。

成瀬が過去に誰とも付き合わなかった、とは思っていない。だが、正直に言えばあまり実感がなかった。誰かと付き合っていたことはあるだろう、そう頭の中では理解していてもその相手が生身の人間であることを意識していなかった。

(あの人が、先生の)

恋人だった、と心の中で呟く。静かに混乱していれば、佳織の仕方がないと言いたげな声が聞こえてきた。

「ご推察の通り、個人的なことですがお願いがあってお邪魔させて頂きました。ですが、本人には断られているんです」

「当たり前だ。諦めて、さっさと帰って警察にでも相談しろ」

「相談したって言ったじゃない。だけど、これ以上は手の打ちようがないって言われるから貴方《あなた》の所に来たのに」

遠慮のない会話。成瀬の親しい相手は木佐と飯田以外に知らず、口調から彼女は木佐達と同じ位置にいると感じた。いや、恋人だったのならそれ以上だっただろう。

「幾ら知り合いだからって、頼めることと頼めないことがあるだろうが」

「頼めることだと思ったから来たの。いいじゃない、少しの間泊めてくれるぐらい。部屋だって余っているでしょう？」

「よくねぇし、余ってないな」

（泊める？）

目を見開けば、木佐が会話の隙を狙ったように言葉を挟む。

「どうやら、話が進まないようですね。おおざっぱに言うと、石川さんはしばらくの間成瀬の家に泊めて欲しい、けれど成瀬は嫌がっている。ということですか？」

「ええ、まあ」

佳織がぎこちなく頷く気配に、木佐がそれならと続けた。

「話の腰を折って申し訳ありませんが、出来ればもう一度説明して頂けますか？　何か力になれるかもしれませんから」

木佐の丁寧な言葉に、佳織は躊躇いつつも了承する。

「実は、今住んでいるマンションで、嫌がらせを受けているんです。人的被害は出ていませんが、回を追うごとにやることがエスカレートしていて……それで、先日引っ越しを決めたんですが、やっぱり家にいるのも怖くて。引っ越し先が決まるまで泊めて欲しいって頼んでいたんです」

「嫌がらせ、ですか？」

木佐が問うと、佳織がええと頷く。

「私が家にいる時に玄関を蹴られたり——いない時にも、蹴られた足跡がついていたり。ポストに煩いっていう苦情の手紙やゴミが入っていたり……それから先日、玄関の扉にペンキで落書きがされていて。さすがに、気味が悪くなったので」

管理会社や警察に相談しても、やられた本人に心当たりがない以上、現場検証と被害届の提出程度しか、現状出来ることはないと言われたそうだ。

「心当たりはない？」

すると、心外だと言うような佳織のむっとした声が続いた。

「心当たりがあれば、解決策は考えられます。身に覚えがないから、気味が悪いんです」

「まあ、確かにそうですね」

あっさりと引いた木佐に、佳織が頭を下げる気配がした。

「仕事中にお邪魔して頼むことではなかったかもしれませんが、他に頼れる人がいなかったので……——申し訳ありません」

「謝る必要はないですよ。どのみち嫌がらせの件では、弁護士に相談してアドバイスを受けておいた方がいいでしょう。それで、引っ越しについての目処《めど》は」

「それは、これから探すのでなんとも。一ヶ月以内を目処に、見つけたいとは思っていますが」

　木佐と佳織の会話に、成瀬が面倒臭げに言う。

「それこそ、恋人の所にでも行きゃあいいだろう」

「恋人がいたら、ここに来るわけないじゃない」

間髪容《かんはつい》れずの答えに、成瀬が黙り込む。その不自然な沈黙を、木佐の「それは正論ですね」と穏やかな声が破った。

「ですが実際問題、女性の友人に頼むなり、ホテルやウィークリーマンションに移る方がいいんじゃないですか？　後々のことを考えても」

「女友達は、みんな結婚していて頼めません。ウィークリーマンションは検討しましたが、嫌がらせをしている相手がはっきりしない以上一人はさすがに怖くて。それからホテルは、資金的に無理があるので」

　やんわりとした木佐の提案を、全て検討済だと佳織が却下していく。そんな中で、ふと木佐の提案の中に親戚や実家という言葉が出てこなかったことに気づく。普通なら、真っ先に出てくるはずではないか。

（ああ、でも……）

　近くに、頼れる親戚がいないだけかもしれない。そんなことを考えながら、既にその場から立ち去ることが出来なくなっていた朋は、話に聞き入っていた。

「昨日不動産屋に行こうとしていた時に、偶然成瀬のおば様に会って。それで、少し相談に乗って頂いたの」

佳織の言葉に、こくりと息を呑む。成瀬のおば様……ということは、成瀬の母親だろうか。親とも顔見知りで今もこだわりなく話せるのなら、当時はかなり円満な付き合いだったのではないか。ならばどうして別れたのだろう。息をするのも忘れる程、じっと耳をそばだてる。

「そしたら、当てがないのなら成瀬のご実家か貴方の所に来ればいいっておっしゃって下さって。あちらにお邪魔するのはさすがに気が引けたから、こっちに来たの。おば様から聞いたけど、今、彼女もいないんでしょう？」

断定的な問いに、成瀬が何かを言いかける。と、そこに木佐のおかしげな声が割り込んできた。

「親御さんが、こいつの交際相手を把握しているとは思えませんが」

「それはそうですけど。でもこの人、聞かれないと言わないけど隠しもしない人ですから。本人からいないって聞いたって言っていたわよ？」

最後の問いは成瀬に向けられたのだろう。朋はぎゅっと小さく胸元のシャツを握りしめた。

成瀬がいつそれを言ったのかは知らない。だが朋を恋人として紹介出来ない以上、親に恋人はいないと言っていても不思議ではない。むしろ余計な詮索を避けられるのなら、その方がありがたかった。成瀬に迷惑のかかるようなことはしたくない。

だが一方で、恋人はいないと言われ不安に思う自分もいる。今の朋が、成瀬にどう思われているのか。それを示されている気がして。

身勝手な感情だ。

成瀬の朋に対する態度は、気持ちを伝え合った頃から変わらない。それを信じられなかったら、朋には信じられるものなど残らないのに。

(駄目だ駄目だ)

しっかりしろ、と自身を叱咤《しった》する。今以上に何かを求めようとするのは、ただの我が儘だ。成瀬が変わらず傍にいてくれる。それだけが朋にとっての真実なのだから。

「まあ、確かに。彼女はいないようですね」

「おい、木佐」

完全に状況を楽しんでいる木佐の声に、成瀬の尖った声が被る。だがその剣呑さに臆《おく》した風もなく、佳織が私だって、と続けた。

「無理なら理由を説明してくれれば諦めるわよ。私のせいで彼女と別れた、なんて言われても困るし。でもそうじゃないなら、一ヶ月ぐらい人助けだと思って置いてくれてもいいじゃない」

「あのなぁ……」

「彼女はいなくても、同居人がいるんですよ。今、こいつの家には」

え、と声を上げたのは佳織だけだった。が、思わず上げそうになった声を、朋は掌で口を塞いで堪えていた。すっと人が立ち上がる気配とともに、応接スペースの中から木佐が顔を覗かせる。にっこりと笑ったいつもの顔で、パーティションの傍に立つ朋に向かって手招きした。

「朋君、ちょっとおいで」

「え？」

立ち聞きがばれてしまい気まずげな表情をしていた朋に構わず、ほらと肩を抱くようにして促される。木佐に押されるまま応接スペースの中に入れば、怪訝そうな佳織の顔と、こちらを睨みつけるように見据えた成瀬の顔が視界に入った。

勝手に聞いていたことを、怒っているのだろうか。朋を見る視線の厳しさに、たじろぎそうになってしまう。

やっぱり立ち聞きなんかするんじゃなかった。罪悪感で落ち込んでいる朋は、成瀬の視線を勘違いしているということには気づかない。朋にわざと聞かせたことを咎めるそれが向けられているのは木佐で。当の本人は、朋の背後で素知らぬ顔で笑うばかりだった。

と、木佐が佳織の方を向き「この子ですよ」と朋を前に押し出す。

「今、成瀬の家に同居している子です。うちの事務員さんで、櫻井君」

「っ！」

振り返ろうとした動きは、肩に置かれた木佐の手によって止められた。木佐が何を考えているかは知らないが、顔に出せば不自然に思われてしまう。必死に堪え、こちらを見る佳織の方を向いた。驚きと困惑、そして不審が窺える表情で朋を観察している。

「同居人？」

「ええ。半年程前に、知人の紹介でうちに入って貰ったんですが、色々と事情があって。今は、成瀬の家で暮らしているんです。幸い部屋も余っていましたし」

実際には、朋は今も一人暮らしをしているし、成瀬のマンションには時折泊まりに行くだけだ。恐らく成瀬が断るための口実を作ったのだろうと察したが、この短い間でそんなことを思いつく木佐に呆れ半分で感心しつつも、嘘をつくことに後ろめたさを覚えた。

「そうなの？　秋貴」

秋貴。何気なく呼ばれた名前に、そっと俯く。自分にとって特別だったものが、他人に取り上げられた。一瞬、そんな気がしてしまった。

そんな朋の心情を察したのか、木佐が軽く宥《なだ》めるように肩を叩いてくれる。その優しい仕草にどうにか気持ちを落ち着け、ちらりと木佐を振り返ってみせた。

「ああ、だから今部屋は空いてない。それにお前だって、幾ら昔の知り合いだからって、男の部屋に転がり込むんじゃ外聞《がいぶん》が悪いだろう」

「そんなの、私は別に気にしないもの。外聞なんて今更よ。寝る場所だって、ソファでもどこでもいいし」

「んなわけにいくか」

諦める様子のない佳織に、木佐がそれにと付け加える。

「もう一つ。これから何日か、うちの親戚の子供を成瀬の家で櫻井君に預かって貰う予定なんですよ」

これは、先程言っていた直のことだろう。佳織の様子を窺っていれば、しばらくの間押し黙り、成瀬と木佐、そして朋を順に見渡した。すっと立ち上がると、朋の前にやってくる。

「え……？」

「一ヶ月でいいの、成瀬の家に泊めて貰えないかしら。頼れる身内もいないから、この人しかお願い出来る人がいないの。駄目？」

「おい、そいつは関係ないだろうが」

成瀬が立ち上がり、朋の前に立つ。入れ替わるように朋の背後にいた木佐が、佳織から少し離れた場所に立った。

「関係なくはないでしょう。同居人なら、貴方とその子に了解をとらないといけないじゃない。引っ越し先が見つかれば、すぐに出て行くから」

前半は成瀬に、そして最後は朋に向けて言った佳織が、朋の答えを待つように見つめてくる。真剣な、懇願さえ浮かべた瞳に気圧《けお》され、つい頷いてしまう。

「俺は、別に……あの、先生にお任せします」

「本当!?」

喜びも露《あらわ》に、佳織が朋を見る。そして、朋の前に立つ成瀬に向き直った。

「櫻井君は、構わないって言ってくれているわよ」

「……俺に任せるって言っただけだろうが」

堂々巡りになりそうな会話に、朋は「先生」と声をかける。出来れば断って欲しかったが、佳織が本当に困っているのなら知らない振りも気の毒な気がするのだ。

身内に頼れる人間がいないという状況だけは、よく知っているから。

成瀬と佳織二人だけで、というなら穏やかではいられないが、この話の流れなら朋と直も成瀬の家に行くことになるだろう。直もいるなら、そうそうおかしなことにはならない気がする。

無理矢理そう自分を納得させ、成瀬を見上げる。振り返り朋を見下ろした成瀬は、言いたいことが伝わったのか、諦めるように「ったく」と舌打ちした。

「一ヶ月以内だ。その間に、必ず引っ越し先を見つけろよ」

投げやりではあったが、これまでにない譲歩に、佳織が驚いた顔をする。ちらりと朋を見た佳織は、すぐに成瀬に視線を戻すと安堵混じりの笑みを浮かべありがとうと告げた。


大きめのバッグに洋服や貴重品を詰め、ぐるりと部屋の中を見渡す。がらんとした部屋には元々物が少なく、当座必要な物を準備するのはあっという間だ。一通り入れたことを確認し、ファスナーを締める。

それを見計らったように、玄関の扉が小さくノックされた。微かな音だが、狭い部屋の中には十分に届く。

「はい」

誰が来たかは見当がついているため、躊躇いなく玄関を開く。けれど、扉の向こうに予想通り木佐の姿を見つけた途端、しかつめらしい顔で窘《たしな》められた。

「駄目だよ、朋君。誰か来たら、ちゃんと開ける前に確認しないと」

「いつもはしてますよ。今のは、木佐先生だろうなって思ったからです」

そして視線を下げ、木佐の足下に隠れるように立っている子供に笑顔を向けた。

「久しぶり、直」

「ほら、直。挨拶《あいさつ》は？」

木佐が、自身の後ろに立つ直を促し朋の前にそっと押し出す。すると、朋を見上げた直が小さくぺこりと頭を下げた。

「こんにち、は」

微かな声に、自然と口元が綻ぶ。出会った当初は一切喋らず、表情さえほとんど変わらなかった子供の、見違える程の変化に喜びが隠せない。

「うん、こんにちは。元気だった？」

目線を合わせて膝をつけば、直がこくりと頷く。こんな反応を見られるようになったのもほんの少し前のことで、よしよしと頭を撫でた。

すると突然、ずいと小さな手が朋の目の前に何かを差し出してくる。なんだろう。目を丸くして受け取れば、それはティッシュで作られたてるてる坊主だった。意表を突かれ、ぽか

ん と直を見遣る。

「え、くれるの？」

「……──ん」

身体全体で頷く直に、もう一度てるてる坊主を見る。以前、直にこれの作り方を教えたのは朋だった。海外出張に行っている養父が一時帰国し、家族三人で旅行に行くと言っていた時のことだ。前日に雨が降り、直がじっと窓から空を見上げていた。楽しみにしていることは、いつになくそわそわした様子から明らかで。晴れてくれればいいと願って、朋も一緒に作ったのだ。

その時のお礼だろうか。てるてる坊主と直を幾度か交互に見て、礼を言っていなかったことに気づく。

「直が作ってくれたんだ？　ありがとう」

目を合わせれば、直が微かにほっとした気配を漂わせる。小さく刻まれた笑みに、朋もまたつられるように笑みを深めた。ぽすんと胸元にしがみついてきた直の柔らかい髪を、軽く撫でる。

「この間、事務所でてるてる坊主作ろうかなって言っていただろう？　直に話したら、一生懸命作ったらしくてね」

直の背後で口元に拳《こぶし》を当て笑う木佐に、ソースはここかと苦笑する。先日のからかいの続きだと判っても、直の気持ちが嬉しく、もう一度ありがとうと告げた。

「さて、準備は出来た？」

「はい。荷物、取ってきます」

荷物を詰めたバッグを肩にかけ、玄関の施錠《せじょう》をする。アパート前に停めた木佐の車の後部座席に直と並んで座り、成瀬のマンションへと向かった。

窓の向こうで流れていく景色をぼんやりと眺め、佳織が事務所にやってきた昼間の出来事を思い返す。

「着く前に、聞いておきたいことはある？　僕の答えられる範囲でだけど」

運転席からかけられた声に、はっと木佐を見る。結局あの後、詳しいことは誰にも何も聞けていない。終業時刻頃、先に帰って不自然じゃない程度に朋の荷物を家の中に置いておくようにと言われ、その時成瀬から「悪い」と言われただけだった。

「成瀬先生と、石川さんは……」

真っ先に聞きたかったことが、口をついて出る。

「付き合っていたよ。成瀬が実家の事務所を出るまでの二年くらいかな。それから全く連絡も取ってなかったみたいだから、もう完全に過去のことだけど」

「そうですか」

付き合っていたと断定され、微かに残っていた勘違いという可能性が絶たれる。落胆して肩を落とした朋に、木佐が大丈夫だよと言ってくれる。

「あいつにとっては過去のことだし、今更どうこうってことはありえないから」

「それは……――」

これからのことは判らない。一時でも付き合っていたことがあるのなら、再びよりが戻る可能性もある。そして朋には、それを止められるだけの自信はなかった。

「あはは。あのねえ、朋君」

言い淀んだ朋に、何を考えているのか悟ったのか、木佐が暗さを吹き飛ばす程の明るさで笑った。

「成瀬とは腐れ縁だけど、高校から今まで、恋人にあそこまで構ったり独占欲見せる姿って実は朋君が初めてなんだよね」

「え？」

何気なく告げられた言葉に、ぱっと顔を上げる。

「少なくとも、これまでのあいつは、とにかく手のかからない相手を選んでいた。いちいち構うのが面倒って理由でね」

そう考えると最低だよね、と笑って続けた。

「そして彼女は、実家の事務所で働いていたあいつと付き合って、辞めた直後に別れた。さて、どういうことだろうね」

まるで謎かけだ。少なくとも、これまでの成瀬が選んできた恋人と朋は正反対だということだ。ならばなぜ、成瀬は朋を選んでくれたのか。眉根を寄せ、バックミラー越しに木佐を見る。

「僕が幾ら大丈夫だよって言っても、信じられないかもしれないけど。必要以上に君が落ち込む必要はないよ。今の成瀬が選んだのは、彼女じゃなくて君だからね」

「木佐先生……え？」

ぎゅっと横合いから袖を掴まれ振り返る。すると、隣に座った直がこちらをじっと見つめて、朋の袖を握っていた。

「直？」

視線の先に気づき、はっとして自身の胸元を見る。いつの間にか握っていたシャツに、慌てて指を解いた。朋の不安そうな顔につられたのだろう、直の表情も僅かに強張っている。

「大丈夫、痛くない。ほら」

問題ないことを示すように、胸元から外した手を直の前に翳《かざ》す。そうやって向けられた朋の掌を、直の黒々とした瞳がじっと見つめた。一点の曇りもないそれは、夜の闇のように深く澄んでいる。

まるで、鏡だ。素直に見たままを映す子供の瞳に、微かな畏怖《いふ》を覚える。自身の心の中にある迷いや欲望。そんなものまで映し出されてしまうような気がして、ひらりと手を振り直の視線から自分の顔を隠した。

そうしてもう一度、大丈夫、と呟く。

それは直にではなく、他でもない、自分自身に言い聞かせた言葉だった。

「これ、全部櫻井君が準備したの？」

キッチンでパスタを茹でていると、ダイニングの方から佳織の驚いた声が聞こえてくる。

佳織が当面の宿泊荷物を抱えて成瀬のマンションを訪れたのは、時計の針が午後九時を指した頃だった。朋が持ってきたものを先に片付ける必要があったため、少し遅めに来るようにとあらかじめ成瀬が言っておいたのだ。

直は、先に夕食と風呂を済ませ、今は成瀬が寝室に連れていっている。時間が時間ということもあり、佳織に会わせるのは明日にしようということで話が落ち着いた。初日くらいは佳織のことを気にせずに、ゆっくりすごして欲しかったというのもある。

「あ、いいえ。半分は成瀬先生が……」

ダイニングからカウンター越しに視線を向けられ、違いますと訂正する。テーブルに並べられた、和食と洋食が入り交じった料理。それらは和食が朋、洋食が成瀬という分担で作ったものだ。

元々、朋がまともに作れるレパートリーは和食に限られている。理由は簡単。料理を習ったのが伊勢の家に下宿していた時で、教えてくれたのが伊勢夫人。そして、食生活が和食メインだったからだ。出来ないよりは出来た方がいいに決まっている、と。あの頃、生活するために最低限必要な家事は一通り教えて貰った。

そして朋が和食を作るせいか、成瀬はいつもそれ以外のものを作る。料理の腕もかなりのもので、朋が作るものよりよほど美味しい。

（先生は、和食作るのは苦手だから嬉しいって言ってくれるけど——）

以前、成瀬に初めて料理を作った時。気後れしていた朋にそう言ってくれた。だがあれは多分、朋のためについた嘘だろう。

ちなみに今並んでいる料理のほとんどは、直が好んで食べるものである。夕方仕事から帰ってきた成瀬が、進んで直のためにと腕をふるった。おかしなことに巻き込む形になってしまった罪悪感もあったのだろう。食事をする直の頭を、苦笑しつつ悪かったなと撫でていた光景が思い出され、頰が緩みそうになる。

一方で成瀬は、朋には度々作ってくれるものの、普段はあまり料理をしないらしい。成瀬の料理について話題に上らせた時、木佐はともかく飯田などは大げさな程驚いていた。

「え!?　秋貴が……作ったの？」

御多分《ごたぶん》に洩れず、佳織も知らなかったようだ。心の底から驚いたといった声を上げつつ、不思議なものを見たような表情で成瀬の作った料理を眺めている。

「嫌なら食うな」

寝室から、直の世話を終えた成瀬が戻ってくる。佳織を一瞥すると、キッチンに入り朋の隣に立った。

「あら、嫌だとは言ってないじゃない。貴方が料理するなんて知らなかったから、驚いただけよ。昔は、いっつも面倒臭がって何もしなかったわよね」

「一人で暮らしてりゃ、それなりにやるようにはなる」

佳織が昔のことを話題に上らせる度、胸の奥がちりちりと痛む。意図的にそれから顔を背けじっと鍋を見ていると、パスタの茹で時間に合わせてセットしていたタイマーが時間を告げた。急いで火を止め、鍋の湯を捨てようと取っ手に手をかける。と、横から成瀬の手が伸びてきて朋の動きを制した。

「重いだろ、かせ」

「あ、すみません。ありがとうございます」

軽々と鍋を持ち上げ、沸騰《ふっとう》した湯をシンクに流しパスタを取り上げる。今日は三人分を茹でたため、いつもより大きい鍋を使っていた。朋では些か持て余す重さに、危なっかしいと思われたのだろう。

ざっとパスタの水気を切った成瀬が、あらかじめ準備しておいたベーコンと玉葱を、フライパンで手早く炒め始める。油の爆《は》ぜる音に混じる、ベーコンの芳《こう》ばしい香り。茹でたパスタを加え、牛乳や生クリーム、卵黄、チーズなどを入れた後、粗く挽いた黒胡椒《くろこしょう》で味を調えれば、柔らかな色合いのカルボナーラがあっという間に出来上がっていく。チーズのとろみも相俟《あいま》って、見ているだけで食欲をそそられる。

手際よく作られていくそれに、つい見入ってしまう。フライパンの中を覗き込みそうな、食事を待つ子供のような朋の体勢に、成瀬がふっと目を細めた。

「さて、出来たぞ」

成瀬がパスタをざっと皿に取り分けた後、朋がダイニングに運ぶ。テーブルに皿を並べていると、こちらを黙って見ている佳織と目が合った。先程から幾度も浮かべている、珍妙な物を眺めるような表情。それに手を止め、どうかしましたかと問いかける。

「ああ、いいえ。ちょっと驚いただけ」

「そうですか？　あ、すみません、座って下さい。食事にしましょう」

恐らく成瀬が料理している姿に驚いたのだろう。そう思い椅子を勧めると、佳織は黙って席に着いた。テーブルの上の料理と、成瀬、そして朋を順番に見て小さく笑う。

「豪勢ね、凄く美味しそう」

「ありがとうございます。お口に合えばいいんですが」

自分が作った料理には、あまり自信がない。作れると言っても、自分が食べられれば問題がないという程度の腕前でしかなく、誰かのために作ったのは伊勢達以外には成瀬が初めてで。美味しいとは言って貰っているが、かなりの贔屓目《ひいきめ》が入っていそうだった。

今日朋が作ったのは、肉じゃがと蓮根のきんぴら。直に食べさせ、残りは明日の朝食にでもしようと思っていたのだが、成瀬から一緒に出すように言われてしまったのだ。パスタには合わないですよ、と言ってはみたが、俺が食べると一蹴されてしまった。

「朋、お前も座れ。食うぞ」

ぽん、と後ろから頭を叩かれる。振り返れば、キッチンから出てきた成瀬が視線で座るように促してくる。

食事が始まると同時に、佳織が改めて朋に簡単な自己紹介を始めた。

成瀬よりも幾らか年下だという彼女は、昔ちょっとした揉めごとに巻き込まれ、友人と訪れた法律事務所で成瀬と知り合ったらしい。訪れたそこは、昔から成瀬の家と仕事関係で繋がりのある事務所で、成瀬は仕事の用件で偶然そこを訪れていたのだそうだ。

成瀬の実家の法律事務所でなかったのは、業務内容の違いからだろう。以前、企業関連の依頼などがほとんどで、個人の民事や刑事事件は石井のような顧問弁護士となった場合を除き、受けていないと聞いたことがあった。

成瀬は当時まだ司法修習生になるかならないかの頃で、実家の法律事務所で働いていた。その言葉に、高校生の頃から事務所でアルバイトをしていた、と成瀬が言っていたことを思い出す。だからこそ、朋は成瀬に出会うことが出来たのだ。

どういう経緯で付き合いが始まり、別れたのか。それらが佳織の口から語られることはなかった。それでも話の流れから、別れて以降七年間は成瀬本人と全く連絡を取っていなかったらしいことは窺えた。ただ成瀬の母親とは偶然趣味も合い意気投合したことで、成瀬本人を抜きにして、今でも季節ごとの挨拶やたまに連絡を取り合ったりしているそうだ。

主に佳織が朋に対して話し、成瀬は全く興味がなさそうに食事を続けている。聞きたいような、聞きたくないような。そんな複雑な気持ちのまま、朋は佳織の話に相づちを打った。

「っていうか、今になって秋貴が料理をする姿を見るとは思わなかったわ……しかも、美味しいし」

「お前なら、自分で作った方がいいだろうが」

「あら、仕事とプライベートは違うもの。それに、私だって誰かに作って貰った方が美味しく食べられるわ。まあ、食べて貰うのも好きだけど」

仕事という言葉を不思議に思っていれば、佳織が自分で、仕事先がレストランの厨房なのだと告げた。プロならば、朋の腕など一目瞭然だろう。目の前に並べた自分の料理が急に恥ずかしくなり、慌てて佳織を見る。

「あ、あの。量も多いですし俺のは残して下さっても構いませんから……」

自分で作ったものを卑下するつもりはない。だが成瀬との過去を知ったからか、出来るだけ佳織に劣る部分を見せたくなかった。そんな朋の胸中をよそに、佳織が大丈夫と笑う。

「美味しいし、遠慮なく頂くわ。でも、櫻井君くらいの男の子が和食を綺麗に作れるって珍しいわよね」

「お前のは十分美味いって、いつも言ってるだろうが。食わないなら寄越せ」

「あ……っ」

呆れたように成瀬が言い、朋の前に置いたきんぴらの入った小鉢をひょいと攫っていく。お返しにとばかりに、成瀬の作ったサラダ――朋の好きな新鮮なトマトと玉葱のスライスを手作りのドレッシングで和《あ》えたものだ――が目の前に置かれ、口を噤んだ。

佳織とこうして向き合い、笑っているもののあまり食が進んでいないことを気遣ってくれたのだろう。心の中でありがとうございますと告げ、サラダにフォークを刺した。

食事が片付き、お茶を入れて一息ついた頃、ふと成瀬が朋の方を見遣った。後片付けのために皿に手を伸ばしていた朋は、かけられた声に手を止める。

「今日も勉強するのか？」

「はい、出来れば……──」

「なら、片付けはやっておくから放っておけ。後で、飲み物でも持っていってやる」

ぽんと頭を叩かれ、やることを済ませてこいと促される。確かに、夜も遅くなっており早めにやらなければ寝るのが遅くなってしまう。明日の仕事に差し障《さわ》るようなことはしたくなく、ありがとうございますと成瀬の言葉に甘え席を立った。そのまま、何気なく佳織を見ると、今度はどこか考え込むような顔つきで朋達を眺めていた。

「あの？」

「え？　ああ、ごめんなさい。二人とも、随分仲がよさそうだと思って……」

主に成瀬の方を見て告げられたそれに、朋がぴきりと固まってしまう。当の成瀬は、何を言うでもなく平然とその台詞を受け止めていた。

「そ、そんなことは……」

朋にしてみれば、普段通りの行動であるため、何を見てそう指摘されたのかが判らない。慌てて取り繕おうとするが、更に墓穴を掘りそうで口を噤むしかなかった。

「ほら、時間がなくなるぞ」

ちらりと時計を視線で示され、自分が何をしようとしていたかを思い出す。慌てて佳織に

失礼しますと頭を下げ、焦りに速くなった鼓動を持て余し寝室へと駆け込んだ。

「はぁ……」

すっかり日の落ちた街並みを歩き、朋は大げさな程肩を落とした。ただ、気分的にはそれでも足りないくらいだったが。

事務所からの帰り道。一時間程前に訪れた依頼人との話が長引き、成瀬の帰りが遅くなりそうだったため先に事務所を出た。

冬の気配が色濃くなり、夕方とはいえ周囲はすっかり薄暗くなっている。柔らかく光る街灯の下を、足早に朋を追い越していく人々を横目に、ゆっくりと歩いた。遠ざかる人の背を見ると、どこかに置いていかれた気分になるのはどうしてか。

奇妙な同居生活が始まってから五日目。今日から数日、直は木佐の家に泊まる。木佐が直の母親の所へ、直の顔を見せに連れていくからだ。それはつまり、朋と成瀬、そして佳織の三人になってしまうということで。その事実が、帰途につく朋の足取りを重くしていた。

成瀬の家での生活は、予想以上に気疲れするものだった。佳織の存在に、案の定直は朋にぴったりとくっついて離れなかった。事情があって人見知りが激しいと前もって木佐が説明していたため、当の佳織に気分を害した様子はなかった。けれどやはり、自分だけ避けられているとなれば気持ちはよくないだろう。

一方で、泊まるのを楽しみにしていたと木佐に聞いていたため、直にも申し訳ない気分になってしまった。こればかりは朋のせいではないが、佳織や成瀬がいない所で、お母さんがいいって言ったらいつでも遊びにおいでと言っておいた。

「あと三週間か。長いなぁ」

成瀬が切った期間は一ヶ月。料理人であり、個人経営の小さなレストランの厨房で働いているという佳織は、オーナーとシェフに頼み、店が一旦閉まる午後に時間を貰って引っ越し先を探しているらしい。

ただ店からの距離と家賃、その他諸々の条件に合う物件がなかなか見つからず苦戦しているようだった。時期的に空き部屋が少ないというのもあるだろう。成瀬には条件なんざ適当に妥協しろと言われていたが、引っ越し資金も馬鹿にならないのだと佳織は譲らなかった。

「あ、いた！　なあ、ちょっと待って！」

どこかで、男が誰かを呼ぶ声がする。ぼんやりと聞き流し、少し先の信号がタイミングよく青になったのを見つけ走ろうと足を踏み出した。

「なあ、朋君！」

「え？　ぅわ……っ！」

背後から肩を引かれ、ぐらりと身体が揺れる。前に行きかけた足と、後ろに引かれた身体。その場に転びそうになり慌ててどこかに縋《すが》ろうとした腕を、誰かに掴まれた。両腕を掴む手と、背中に感じる体温。押し退けようと意識する前に、身体が既にそこから飛び退いていた。

「誰……え？　椋木、さん？」

後ろから引っ張ってきた相手に正面から対峙《たいじ》すれば、そこにいたのは先日落とし物を拾った相手、椋木だった。朋を支えていたらしい両手を下げ、にこやかに右手をあげる。

「久しぶり、って程でもないか。ごめんね驚かせて」

悪気のない笑みに、だが朋は思わずその場から一歩下がっていた。

(なんで、この人がここに？)

不審な顔つきになっていたのだろう。そんなに警戒しないで貰えないかな、と椋木が肩を竦めた。

「さっきも飛び退かれちゃったし、さすがにそこまで逃げられると傷つくなぁ」

「すみません、あの。今のは、本気でびっくりしたので……」

未だに、他人の体温は正直苦手だった。成瀬と身体を重ねるようになってから、だいぶましにはなっていている。だが、慣れない人間相手でしかも突然だと反射的に身体の方が避けようとしてしまう。まさかそんなことを言うわけにはいかず謝れば、こちらをまじまじと見た椋木が横を向いて小さく噴き出す。

「……――あの？」

むっとした声を出せば、椋木が慌てて笑いを収める。

「あ、ごめんよ。まあ……偶然そこで見かけて、って言いたい所だけど」

さすがにわざとらしいか、と種を明かす。

「どうしても、もう一回話をしたくて。マネージャーに事務所の場所を聞いたんだ。仕事が終わる時間は知らなかったから、本当に会えるとは思わなかったけど。来てみたら、丁度《ちょうど》君に似た人を見つけて追ってきたんだ」

驚かせてごめんと言う椋木に、朋は一層眉を顰めた。

「話、ですか？」

「うん。どうせなら、この間のお礼もさせて欲しいな。お茶だけでも。ね？」

にこやかではあるが一歩も譲りそうにない気配に、自然と身体が退いてしまう。ここで逃げても、事務所の場所が知られている以上また来る可能性が高い。どうしようかと迷う。

「……――ね、かな？　似て……――」

不意に、横を通り過ぎた二人組の会話が微かに聞こえてきた。椋木に似ていないか、というそれにぎくりとし周囲を見渡す。

割合大きな車道に沿ったこの道は、多くないとはいえ、ひっきりなしに人が通る。ここで立ち話をしていれば否応《いやおう》なく悪目立ちするだろう。どちらにせよ、場所は変えた方がよさそうだった。

「……判りました。じゃあ、あそこで。一杯だけ」

指差したのは、少し先にあるコーヒー専門店だった。ひっそりとした佇《たたず》まいは、いかにも昔の喫茶店という雰囲気だ。以前はこの辺りで唯一の喫茶店だったらしいが、近くに数店舗コーヒーショップのチェーン店が出来て以降、客も減っているらしい。視界に入る距離に、二、三件有名なコーヒーショップの看板は見えるが、朋はあえてそこを選んだ。もちろん、一番人が少なそうだという理由で。

朋の指した方向を見て、一瞬椋木は周辺の店に視線をやる。だがすぐに判ったと頷いた。

「行こうか」

足早に歩き出した椋木に続き、店に向かう。

これならまだ、佳織の待つ成瀬の家の方がましかもしれない。そんな気分になりながら、早く帰りたいと再び肩を落とした。

「本当は、もう少しちゃんとしたお礼をしたかったんだけど」

「十分です。ここのコーヒー、好きですから」

不満が残ると言いたげな声に、朋は注文したブレンドを口に運んだ。予想通り店内には人気がなく、朋は入口近くの席に座った。

実際にこの店のコーヒーが好きだというのは本当で、事務所で使う豆もここで買っている。カウンターを見れば誰もおらず、ほっと息をつく。ここのマスターは、客が少ない時にはいつも奥の部屋に入っているのだ。

店内には、ゆったりとした曲が控えめに流れている。聞き慣れないものばかりで、以前なんの曲かと聞いてみたら、国内外問わず舞台やミュージカルが好きなマスターが集めた舞台音楽が多いのだと言っていた。

チェーン店にはない、ひっそりと落ち着いた雰囲気。そこが気に入っているのだが、どうやら椋木の趣味とは合わなかったらしい。コーヒーにも手をつけておらず、もっとお洒落《しゃれ》な場所に出入りしているであろう芸能人が好む場所ではないかと、心の中で苦笑した。

「まあ、君が好きならいいか。あの時は、本当にありがとう」

気を取り直したように頭を下げた椋木に、朋は緩く首を振った。

「お礼は十分頂きました。コーヒー、ごちそう様です。だからもう、気にしないで下さい」

元々、そこまで礼をされることでもない。そう繰り返し、持っていたカップをそっとテーブルの上に戻した。今回限りにして欲しいと言ったつもりではあるが、伝わったかどうかは怪しい。

「今日は、お仕事大丈夫なんですか？」

それよりも、さっきから椋木にじっと見られている気がしてならないのだ。居心地の悪さと沈黙に耐えかね、とにかく当たり障りのない話題を振ってみる。

「ああ。今は、撮影もないからね」

「知り合いから、色々なドラマに出演されていたって聞きました。あと、映画とか」

「そこそこにはね。最近は話題になるような番組にも出ていないし、ほら、眼鏡だけで気づかれないいぐらいだから」

おどけたように眼鏡を外してみせ、テーブルの上に置く。どうやら変装用らしい。

「そんなことは……気づいている人は、いると思いますけど」

「どうだろうね」

道端で話していた時に通りかかった女性も似ていると言っていたようだったし、気づかれていないことはないと思うが。そう思っての言葉だったが、椋木はなぜか自嘲《じちょう》気味に口端を上げるだけだった。

先日朋が気づかなかった時は、さほど気にしていないようだったのに。前回とは少し雰囲気が違うような気がして戸惑ってしまう。

朋のように、テレビや映画にあまり興味のない人間は別として、芸能人がいてもあからさまに態度に出せない人や声をかける勇気を持てない人もいるだろう。

常に人目を気にしなければならない職業であるとはいえ、プライベートでも俳優としての自分を求められていたら、そちらの方が大変ではないのだろうか。それに……――。

「でも。もしそうだとしても、気づかれないのも才能じゃないでしょうか」

「え？」

ぽつりと呟いたのは、何気ない一言。よく考えての台詞ではなかったが、椋木は大げさな程目を見開いた。おかしなことを言ってしまっただろうか。つい、言い訳を口にしてしまう。

「あ、いえ。椋木さん、大抵の人が顔か名前は知っているだろうって聞いたので。それだけ顔が知られていて、ちゃんと仕事とプライベートを切り分けるのは大変だろうなって……すみません、変なこと言って」

女性は、髪型や化粧で多少なりとも雰囲気を変えることは出来る。朋の母親は、当時、回数はとても少なかったけれど割合堂々と朋を連れて歩いた。髪型と眼鏡と化粧、そして態度と表情。それだけでテレビに出ている時とガラリと雰囲気が変わり、ばれることがなかった。子連れだったせいもあってか、指摘されても、平然とした顔で似ているでしょうと言えば不思議な程笑い話で済んでいたのだ。

『テレビのお母さんは、お仕事用。朋のお母さんは、私』

そう言って笑っていたのを、小さい頃のことではあるがよく覚えている。

ただ、男性ならそういうことも難しいだろう。だから余計に、プライベートを守るのは大変そうだと思うのだ。

俯いた朋に、しばらくテーブルの上を凝視したまま黙り込んでいた椋木が「やっぱり」と呻《うめ》く。意味が掴めず「え？」と問い返せば、それには答えずジャケットの内ポケットを探り始めた。

「ちょっと、これ見て貰えるかな？」

「え？」

椋木が取り出したのは、大きめのカードケース。二つ折りのなめらかな濃茶の革で出来たそれは、定期などを入れるにしては一回り大きい。ほら、と開いて差し出され視線をやる。

「……――っ」

見た瞬間、言葉を失った。

差し出された物を見るために、俯き加減でいたのが幸いだった。真正面から驚いた顔を見られるのは、多分避けられたはずだ。

カードケースの中に収められていたのは、一枚の写真だった。写っている人達の着ている服が、少しだけ時代遅れな印象を与えている。中央に優しげに微笑んだ女性を据え、数人の男女がそれを囲むように並び笑顔を見せていた。

楽しげな風景。そして、朋がずっと見ることを避けてきた人。

(母さん……——)

自分に似た、自分よりも少し柔らかい面差しの女性。あの事件以降、見るに見られず、写真とはいえこうしてまともに顔を見るのは何年ぶりか。

あまりの衝撃に、硬直したまま視線を外せない。不自然に思われるという考えすら出てこない程、思考は完全に停止していた。

「月花《つきか》、っていう人なんだ」

ふ、と。椋木の懐かしげな声に、金縛りが解けたように意識が引き戻される。ゆっくりと椋木を見ると、目を細めて写真を見ていた。

いや。正しくは、写真の中央に写っている……朋の、母親を。

「芸名は、月花。本名は……櫻井月花」

そこで一度言葉を切ると、茫然とした朋をゆっくりと見る。何が言いたいのか、最悪の予想が出来てしまう自分が嫌だった。こうして母親の若い頃の写真と今の自分を並べてみると、やはりどこか——似ているのだ。

「朋君。君、名字は櫻井だよね」

心の中で、数日前の自分を呪う。椋木には言っていなかったが、その後マネージャーに聞かれ答えたのだ。あの時言わなければ、もう少しごまかしようがあったかもしれないのに。

だが、だからといって認めるわけにはいかない。沈黙を守り、椋木をじっと見返す。逸らしてしまえば負けだとでも言うように、瞳に力を込めた。

「身内……いや、はっきり言おうか。君、月花の息子だよね」

間違いないはずだ、と椋木の目が訴えていた。

(落ち着け。大丈夫だ……大丈夫……)

ここの所あまり口にしなかった——口にする必要のなかった言葉が胸を過る。

大丈夫、と。幾度も繰り返すうち、不意に別の声が重なった。

『大丈夫だ』

聞き慣れた成瀬の声。思い出したそれに、強張っていた身体から少しだけ力が抜けた。大丈夫。もう一度繰り返し、震えそうになる手をテーブルの下で握りしめる。そして、殊更《ことさら》ゆっくりと写真に視線を落とした。

「知りません」

多分、声は震えずに済んだ。きっぱりと言い切った朋に、椋木が先程までとは一変して不審そうに目を眇めた。自分の推測を疑わず、朋の否定を疑うその表情。間違いないという意志が揺るがないのは、それだけ自らの考えに自信を持っているからか。

月花に息子がいたことは、事件当時ニュースになっている。月花の本名も、活動中はずっと非公開としていたが、事件とともに漏れてしまった。新聞や雑誌にも書かれているため、知っている人は知っているだろう。

こういう事態が、今まで全くなかったとは言わない。不躾《ぶしつけ》に、朋に取材してくる記者もいた。それこそ当時は伊勢が色々と手を尽くし、出来る限りそれらを防いでくれていたのだ。それに、未成年ということで、多少配慮されていた部分もあった。朋自身の名前や顔は表に出なかったため、まだましだったと言えるだろう。そうでなければ、学校にも行けなかったはずだ。

事件後伊勢が勧める中学に入ったのだが、当時の校長が伊勢の旧友であり、学校側の許可を得て朋は伊勢の名字を名乗っていた。また通える程度ではあるが遠方だったこと、一年間の入寮を許されたこと。それらにより学校という空間が、朋の周囲が落ち着くまでの隠れ蓑《みの》となってくれていた。

高校以降は櫻井の姓に戻していたが、時間が経っていたこともあり詮索されるような事態は起こらなかった。月花当人ではないこと、時間が経ち話題性に欠けたことから、やがて記者達の姿も見なくなった。

「そんなはずはない。これだけ似ていて、名字も一緒。当時小学生だったらしいから、今の年も君くらいだ」

「知りません。人違いです」

「この間会った時、雰囲気が似ているなって思ったんだ。マネージャーから名字を聞いて――久しぶりにこの写真を見て。今こうして話していて、確信した」

「……――」

沈黙を守る朋に、椋木は確信を込めた瞳を向けてくる。

「似ているんだ、言うことがとても。女優の自分と普段の自分は違う人間だから、プライベートで気がつかれない方が誇りに思える。あの人は、そう言ってた」

「っ！」

懐かしげな椋木の声に、思わず動揺を顔に出してしまいそうになる。朋の言葉自体が、母親を思い出しながらのものだったため、当然と言えば当然だ。自分の中に残っている母親の面影を見つけ出したようで嬉しくはある。が、今この状態では喜ぶよりもしまったと思う方が強かった。

何を問われても、知らないとしか言う気はない。認めない朋に、椋木がそれを否定するように眉間に皺を寄せた。頑是《がんぜ》ない子供を説得するように、あのね、と告げる。

「月花の子供だからって、どうこうしたいわけじゃないんだ。ただ、頼みがあって……」

「俺に言われても困ります。知りませんから」

椋木が何を言っても、朋には完全に拒絶するしかない。ならば、詳しい話になる前にここから逃げなければ。固くなった表情のまま話を途中で遮ると、朋はがたりと席を立った。写真に吸い寄せられそうになる視線を、手元のコーヒーカップに縫い止める。

「失礼します」

「待って、朋君！」

後ろから追ってきた声を振り切るように、小走りで店を出る。退店前に会計をせねばならず、すぐには追ってこられないだろう。嫌な速さで脈打つ鼓動に、息が乱れる。早くここから離れなければ。そう思う足は、自然と事務所の方向へと向かっていた。

「朋？」

前方から声をかけられ、足を止める。はっとして俯けていた顔を上げれば、目の前に驚いたような成瀬の姿があった。

「あ……――」

どっと全身から力が抜けた。大切な探しものを見つけた時のような安堵と喜び。無防備に歪めてしまった顔に、成瀬が小さく目を瞠《みは》る。

「おい」

「秋、た……」

その名を呼ぼうとし、だがすぐに口を噤んだ。吐き出しそうになった弱音をぐっと飲み込む。成瀬の後ろから来る、見覚えのある姿。

「待ってよ、秋貴。あら櫻井君、先に帰ったんじゃなかったの？」

「石川さん……」

遅れてやってきた佳織は、成瀬の隣に立つと、朋の姿にどうしたのかと首を傾げた。そしてふと、何かに気づいたかのように朋の背後へ視線をやる。

(後ろ——)

まだそこには、椋木がいるかもしれない。そう思えば振り返れず、心の中でこちらに来ないようにと祈った。

だが、前を見れば並んで立つ成瀬と佳織の姿が目に入る。長身の成瀬と、朋よりも少し低い身長の佳織は、そうしていると、普通の恋人同士のようで。それだけ自然に、寄り添うように成瀬の隣に立っているのだ。

二人のこんな姿は見たことがなかった。佳織が来た日を除き、成瀬の帰りが遅いため、基本佳織と朋と直ですごすことが多かったからだ。だからだろうか。改めて見た光景は、朋に想像以上の衝撃をもたらした。

「あの……——あ、すみません。俺、帰ります」

本能的に、この場から逃げ出そうとする。そして、成瀬のマンションではなく自分のアパートがある方へ行こうとしていた。母親のこと、成瀬のこと、佳織のこと。ぐちゃぐちゃになって縺《もつ》れた感情を、とにかく落ち着けたかった。

このままでは、自分が何を口走ってしまうか判らない。

「じゃあ……——」

言いながら身を翻そうとした所で、成瀬に待てと肩を掴まれる。そのまま引き寄せられ、真正面から覗き込まれた。

「おい、何があった？」

同じように正面から見返すことが出来ず視線を彷徨《さまよ》わせていれば、一層強く腕を掴まれた。逃がさないと言いたげなその力強さに、安堵すると同時に泣きたくなる。朋の様子がおかしいことには気がついているのだろう。表情は険しいが、心配してくれているものだと判る。だが、今は放っておいて欲しかった。

「なんでもないです。ちょっと、気分が悪くて」

佳織がいる以上この場で母親のことは話せないし、自分の中の感情を説明出来る自信もない。ぶるぶると首を横に振り、大丈夫だからと成瀬の腕を外す。さっきのこともあり、周囲の目が向けられているのではないかと気になって仕方がなかった。

「……そうね、ちょっと顔色が悪いみたい。大丈夫？」

いつの間にか朋の方に視線を向けていた佳織が、顔を覗き込んでくる。心配そうな声とは裏腹に、じっと朋を見つめる瞳の温度が低いような気がして、ぎくりと身体が強張った。観察されている。そう思ってしまうのは、朋の中に成瀬との関係を隠しているという後ろめたさがあるからか。

そっと翳された佳織の掌が朋の額につく寸前、ぽんと成瀬の手が頭の上に置かれた。

「まあいい、ひとまず帰るか。タクシー拾うからここで待ってろ」

「え？　あ、先生！」

大丈夫だと言う間もなく、成瀬がタクシーを停めに行ってしまう。タイミングよく通りかかったタクシーが成瀬の傍に停まり、佳織が朋を促した。

「さ、行きましょう？」

「……──はい」

踵を返した佳織の背を追おうとして、ぴたりと足を止める。そっと振り返り、先程の喫茶店の辺りに視線をやった。ぐるりと見回すが、既にそこに椋木の姿はなく。朋は少しだけほっとして、成瀬達の下へと向かった。


佳織は、朋と入れ違いで事務所を訪れたらしい。レストランが定休日で、今日は一日用事と不動産屋巡りをしていたという。帰り際に事務所の近くを通ったため立ち寄ったら、成瀬も打ち合わせが終わり帰ろうとしていた。その帰り道、あの場所で先に帰ったはずの朋に出くわしたというわけだった。

「顔色は少しよくなってきたみたいだけど、早めに寝た方がいいわ。ここは私がやるから」

夕食後、皿を下げようとした朋を佳織が制する。

成瀬のマンションに来てから、食事の支度は佳織が自ら進んでしていた。本来は勤務時間帯により夜遅くなることもあるそうだが、店に事情を話し、この一ヶ月はなるべく早く帰れるよう調整して貰っているらしい。色々と作り置きもして、佳織がいなくても食べられるようになっていた。

実際は家事全般やろうとしていたのだが、掃除や洗濯は自分が使う分だけでいいと、それは成瀬が止めた。自分はともかく朋の物があるから、共用部分以外には入るなと前もって告げていたのだ。

そして朋は、食事を作って貰っている代わりにと、後片付けを引き受けていた。ただ、実の所それは建前で、なんとなく家の中のことを佳織がやるという事実が落ち着かなかったのだ。我ながら狭量《きょうりょう》だと思うが、少しでも自分がやることを残しておきたいと、そんな気持ちもあった。それも、今日は取り上げられてしまったが。

「はい……すみません」

頭を下げれば、佳織が気にしないでと笑う。そこには、先程感じた冷たさのようなものはなく、やはりあれは自分の勘違いだったのだろうと反省する。

「元々、私が好きでやっていることなんだから。台所に立たないと、落ち着かないのよね」

「ありがとうございます。あの、お粥《かゆ》美味しかったです」

気分が悪いのなら、と今日は朋の分だけ粥を作ってくれたのだ。鶏と帆立を具にしたシンプルな中華風のお粥で、薬味として生姜《しょうが》と刻み葱が乗せられていた。急いだから少し手抜きだけど、と言われたが、ふわりと漂ってくるごま油の香りは十分に美味しそうなものだった。

ただ、ゆっくり堪能《たんのう》する程の心の余裕もなく、味はほとんど判らなかったのだが。どうにか失礼にならない程度の量は食べたが、後は申し訳なく思いつつ残させて貰った。

「口に合ったのならよかった。でも櫻井君、本当に少食ね。まあ私も人がいると、作りすぎちゃうんだけど」

「す、すみません。元々、あまり量は食べられなくて……でも、美味しいです。本当に」

残念そうな佳織の声に、つい謝ってしまう。

そもそも量を食べる方ではないが、この所更に食べる量が減っていた。そのくせあまり空腹感も感じない。だからだろうか。佳織のことにしても、すぐあんな風に思考がよくない方向へ行ってしまう。

とは言っても、針のむしろとも言えるこの状況でのんびり食事を味わえる程、剛胆《ごうたん》にはなれそうにもないが。

「そう？　好きなものがあったら、どんどんリクエストしてね」

「はい……じゃあ、失礼します」

佳織に挨拶を返し、成瀬の寝室へと行く。結局、空いていた部屋を佳織が使い、朋は成瀬の寝室で眠っていた。空き部屋はいつも木佐達が泊まる時に使っているそうで、ある程度掃除もされていたため、不自然には思われなかったようだ。

朋を部屋から追い出す気はなく、別にソファでもいいと佳織は言ったが、それは朋と成瀬で却下した。それ以上、ならば成瀬の部屋に泊まるとまでは言い出さず、それだけは安堵した。

「……今日は、やめておこうかな」

寝室に入りベッドに座ると、サイドテーブルに置いた参考書を取り上げる。司法書士の資格を取るために、数ヶ月前から勉強を始めているのだ。

成瀬達は、本格的にとるならそれなりに勉強した方がいいと、仕事の時間を減らし学校に行くことも勧めてくれた。だが、それは大丈夫だからと断った。第一の目的は、成瀬達の役に立つことだ。だから、まずは仕事を優先したかった。やってみてどうしても駄目であれば考えるが、やれる所までは自力でやってみようと最初に決めたのだ。

(それに、環境的にはかなりいい方だし)

実際の業務に接することが出来、また判らない箇所は、聞けばいつでも教えて貰えるのだから。

試しに本を開き、文章を目で追う。だが案の定全く頭に入らず、ぱたんと閉じた。

「なんだ、勉強してたのか?」

ガチャリと寝室の扉が開き、成瀬が顔を見せる。夕食後、仕事用にしている部屋で電話をしていたが終わったようだ。

「しようかと思ったんですが。頭に入らないので、今日はやめておこうかと」

決まり悪げに笑えば、そうしとけ、と髪を撫でられる。温かい掌にじんわりと涙が浮かびそうになり、目を細めてごまかした。

ぎしりと、座っていたベッドが軋《きし》む。隣に腰を下ろした成瀬が、朋の頬に手を当てた。優しい感触に目を閉じれば、目尻をそっと指先で撫でられる。

唇に触れる、温かい吐息。佳織が来てから今まで、その手の接触は一切なかった。直が朋に張りついていたのと、成瀬のベッドを朋と成瀬と直の三人で使っていたからだ。

軽く重ねられたまま、舌先で唇を撫でられる。濡れた感触に緩くあわせを開けば、やんわりと下唇に歯を立てられた。

「……っ」

零れそうになる声をどうにか堪え、口腔《こうこう》に差し込まれた成瀬の舌を迎え入れる。優しい触れ合いは、心を慰撫《いぶ》されているようで。ささくれた部分が、少しずつ和らいでいく。

だが一方で、これ以上は駄目だと成瀬の肩に手をかけて身体を離そうとする。熱くなりそうな身体が、もうやめておけと告げていた。だが成瀬は、そんな朋の手を取り握りしめると、一層口づけを深くした。

渇いた喉を一息で潤そうとするかのように、唇を貪《むさぼ》られる。やがて力が入らなくなった身体が、成瀬に押されるようにしてベッドの上に倒れた。朋の手を握った成瀬が身体を支えてくれたため大きな音はしなかったものの、一瞬ひやりとする。けれどそれも、再び押さえ込まれ覆い被さるように口づけられると、霧散《むさん》してしまった。

「……っふ、あ」

呼気に紛れて、微かな声が漏れる。そんな自身の声にはっとして目を見開き、今度こそぐいっと成瀬の身体を押し返した。気がつけば身体は熱くなっており、どきどきと痛い程鼓動が速くなっている。既に反応を示しかけている身体に羞恥を覚えて、ベッドに倒れたまま成瀬から目を逸らした。

「先生、ここじゃ……」

やめて下さいと訴えれば、上から堪えるような溜息が聞こえる。

「つとに、厄介だな。二週間くらいにしときゃよかったか」

忌々《いまいま》しげな声に、驚いて成瀬を見返す。佳織が泊まることを了承して以降こうしてゆっくり話すのは初めてだったが、早く二人きりになりたいと言って貰えているようで、悪いとは思いつつも嬉しかった。

加えて、朋を押さえつけるようにして上から覗き込んでくる成瀬の瞳に自分と同じ種類の欲情を見つければ、口元に自然と笑みが浮かんだ。自分だけじゃなかった。そう思えば、少し胸の内が明るくなる。

「秋貴さん」

大切なものを呼ぶように、そっと名前を口に乗せ、成瀬の首に腕を回す。そのまま甘えるようにしがみつけば、背中に手を回してくれた成瀬が上半身を支えてくれる。あやすように背を叩かれ、こんなことで安心出来るなんて我ながら単純だと呆れてしまった。

「朋、さっき何があった」

耳元で、成瀬の囁く声が聞こえる。はっとして、しがみつく腕に力を込めた。椋木に言われたことを思い出し、ぶるりと身体が震える。

素性が、ばれてしまった。否定したけれど、あの様子では信じたかどうかは微妙だ。空惚《そらとぼ》け続けるという手もあるが、恐らく成瀬には言っておいた方がいいだろう。

「あの……っ」

だが話し出そうとした途端、寝室の扉がノックされる。話に気を取られていたため、部屋に響いた小さな音にびくりと肩が跳ねた。ちっと成瀬が舌打ちし、朋の身体を離すと布団をめくる。

「入って寝てろ」

促され、慌てて布団の中に潜《もぐ》り込む。たった今までキスしていたおかげで、まだ頬も唇も熱かった。まともに佳織と顔を合わせたくはなく、そのまま枕に顔を埋めた。

「話は後でな」

布団の上から軽く叩かれ、こくりと頷く。髪の上に口づけを落とされ、立ち上がった成瀬が寝室の扉を開く音がした。

「なんだ?」

「なんだ、じゃないわよ。櫻井君体調が悪いんでしょう? いつまでも話し込んでないで、早く寝かせてあげないと——って、あらもう寝ているの?」

「ったく、うるせえな……今寝かせた」

「なら、邪魔しないで静かにしてあげなさいよ。ほら、ちょっと来て。探してきた部屋で見て欲しいものもあるの」

小声になった佳織が、成瀬を寝室から出しそっと扉を閉じる。ほとんど音を立てないそれに、気遣われていると判っていても溜息は隠せなかった。

「……明日、事務所で話そう」

どのみち、この家ではゆっくり話す時間もとれない。ごろりと転がり、扉の方へと視線をやった。

あの向こうでは、佳織と成瀬が話しているのだろう。その光景を想像すれば、胃の辺りがずんと重くなる。自分に関することならば受け流すことも出来るのに。どうして成瀬に関わることは、こんなに気になって仕方がないのだろう。

見ていることしか出来ないから、余計に焦燥《しょうそう》が募る。

「……――寝よ」

寝返りをうち、無理矢理目を閉じる。慣れたさらりとしたシーツの感触が、今は無性に冷たく感じられた。

「その景気の悪い溜息、そろそろどうにかならないものかしら」

「……ごめんなさい」

無意識のうちに溜息をついた瞬間、ぴしりと横から指摘され項垂れる。どんよりとしていた自覚はあるため素直に謝れば、隣を歩く榛名が、まあいいけどねと肩を竦めた。

午後十二時を回り、二人は揃って事務所を出た。榛名は、友人と食事をするため待ち合わせをしているらしい。朋は木佐に頼まれた分と合わせて、近くの店で昼食を買うために出てきた。

分かれ道になる近くの信号まで並んで歩く道すがら、榛名が、奇妙な同居生活の感想を聞いてきた。恐らく、相談相手として自分が適任だと認識した上でのことだろう。普段はこちらから話さない限り詮索しない人なのだ。

この件に関係なく、けれどある程度の事情は把握しており、年が最も近い。朋が、成瀬や木佐に愚痴《ぐち》めいたことを言えるはずもなく、相談口がないことを気にしてくれているのだと思う。

「家の中、雰囲気悪いの？」

「いえ、そんなことは。石川さんも、気を遣って食事も作ってくれていますし」

「世話になるならそれくらいはするでしょう。レストランで働いているのよね？　やっぱり料理上手？」

「ええ、美味しいですよ」

「そう？　それにしては、ここの所ずっと食欲なさそうだけど。まあどちらにせよ、恋人の元カノと三人で同居なんて、シュールすぎて笑えないわ。これで居心地がよかったら、朋君の精神状態を疑っちゃうわね」

「……――榛名さん」

容赦のない言葉に、既に力なく笑うしかない。佳織が泊まることになった経緯はおおまかに榛名にも話しており、朋が承諾したという時点で思い切り馬鹿ねぇと言われたのだ。

『いい？　未成年ならともかくあれくらいの年なら、親兄弟や親戚に頼れない人は珍しくないの。事情は知らないけど、朋君、そこは恋人ならはっきり拒絶すべき所よ』

本当に怖いと思うなら、一ヶ月なんて悠長なことは言わずにさっさと引っ越している。成瀬とて、他に手立てがあると思ったから断ろうとしていたのだろう。そうきっぱりと断言され、目から鱗《うろこ》が落ちた気分ではあった。

『気持ちは判らないでもないけど。朋君は、もう少し自分の気持ちを優先した方が、先生も喜ぶと思うわよ』

指摘が胸に痛く、そうなのだろうかと困惑もした。けれど、一旦たがが外れてしまえば際限がなくなりそうで、朋にとってはそちらの方が怖かった。自分だけを大切にして欲しい。どうかすれば、そんなことまで言い出しかねない。

「多分、俺が一人でじたばたしてるだけなんです」

どちらかと言えば、佳織は同居人である朋に気を遣ってくれている。むしろ、それを素直に受け取れない自分自身が嫌なのだ。気にする必要はないと、みんなに言って貰っている。事実そうなのだろう。けれどどうしても、佳織に対して嫌だと思う気持ちが胸の奥底にこびりついて消えてくれない。

「あのねぇ。そんなの当たり前じゃない。それに、女はもっとずるいわよ」

「え？」

だが、吐露《とろ》した苦さをあっさりと肯定されてしまい、目を見開く。榛名は、そんな朋の反応を横目で見ながら、鼻先で笑い飛ばした。

「自分の恋人と、昔付き合っていた人とが一緒にいて何も感じないなら、どうでもいいって言っているのと一緒。それに言い方は悪いけど、あの人が朋君に冷たくしたってメリットはないもの。特に、成瀬先生の前ではね。親切にするのは当然でしょう？」

「あ……」

「むしろ自分の立ち位置を有利にしたいなら、冷たくするより優しくした方が、先生に対する心証もいいわよね」

そこまで言って言葉を止めると「ってことも考えられるのよ」と笑った。そして俯いた朋を慰めるように、柔らかな口調で続ける。

「人を疑わないのはいいことだけど、それで卑屈《ひくつ》になったら本末転倒よ。もう少しずる賢くならないと。先生はどう見たって朋君を馬鹿可愛がりしてるんだから、胸張って堂々としてなさい」

「はい」

よしよしと、なんだか姉に慰められる弟のような扱いに恥ずかしくなってしまう。話に区切りがついた所でタイミングよく渡る予定の信号が青になり、榛名と手を振って別れた。

横断歩道を渡りきって振り返れば、既に榛名は人混みの中に消えていた。さばさばした物言いはいつも通りで、少しだけ軽くなった心で店に入る。

二人分の昼食を買って事務所へ戻る途中、不意に、もう会いたくなかった男の姿を見つけ足を止めた。相手は事務所があるビルの前に立っており、避けて戻るのは難しい。しかも、気づかれてしまった。

「椋木さん」

男の名を呼び、こちらに向かってくる相手を見返す。変装用か、以前も見たことのある眼鏡をかけている。朋の目の前まで来て立ち止まった椋木は、無言のまま朋の腕を掴むと、どこかに連れていくように強く引いた。

「な……っ」

「別に、何もしやしない。建物の陰に行くだけだ。君だって聞かれたい話じゃないだろう?」

何をするのか。そう言おうとする声を遮り、椋木が冷たく言い放つ。昨日までとは違う冷淡な空気。ここは逆らわない方がいい。本能的にそう感じ取り、朋は口を閉ざして従った。

やがて事務所の入っているビルの裏手、表の歩道からは死角になる場所まで来ると、椋木はぴたりと足を止めた。掴んだ腕はそのままに、硬い表情でこちらに向き直る。そして唐突に、ごめんと切り出した。

「え?」

「昨日は突然ごめん。あんなこと急に言われたら、驚くと思う」

予想外のことに拍子抜けし、いえ、と返す。

「判ってくれたならそれで……」

追求を諦めてくれたのだろうか。そう思いほっとする。だが椋木は、朋の予想とは全く違う言葉を続けた。

「俺は、昨日言ったこと自体は間違っていると思っていない。けど突然だったことは謝る。だから、改めて頼みに来たんだ。一つだけ、今あの人がどこでどうしているのか。それだけが知りたい」

一気に捲し立てられ、後退《あとずさ》る。あの人、と個人名を出さないのは、事を大きくするつもりはないという意思表示なのだろう。けれど、そんなことは関係なかった。朋は、どちらにせよ椋木に答える術を持っていない。

（そんなこと、俺が聞きたいくらいだ……）

母親の件についての進展は、今の所ない――というよりは、どうなっているのか聞けないままでいると言った方が正しいだろう。成瀬は相変わらず忙しそうで、事務所を空けていることが多く、また家には佳織がいるため状況を聞くわけにもいかない。

最初から時間がかかるだろうとは思っていたため、進展がないこと自体は構わない。だが忙しい中で、成瀬に余計な負担をかけているのが申し訳なかった。現状自分には何も出来ないから、余計に。

「知りません、俺は何も」

ぽつりと零れ落ちた声には、自分の無力さに対する情けなさと後悔が滲んでいた。けれど事情を知らない椋木がそれに気づくはずもなく、朋から求める答えを得ようと更に詰め寄ってくる。

「俺は、あの人を尊敬していたし、今もしてる。これ以上騒動に巻き込むようなことは、絶対にしない。他言もしない。だから、隠さないで本当のことを話してくれ」

懇願するような声に、そうじゃないと否定する。

「そんなこと言われても、俺は……」

「その名前で、その顔で。その上、言うことまで同じなのに、まだ違うって言い張るのか？いい加減にしてくれ！　俺は、そんな押し問答をしに来たんじゃないんだ！」

徐々に強くなる語調とともに、剣呑さが増していく。無意識のうちに掴まれた手を振り解こうと身動《みじろ》ぎすると、逃がさないというように強く握られた。

「つ痛……は、なして下さい！」

握られた感覚が痛みに変わり、顔をしかめて訴える。だが椋木の指は、離れるどころかますます食い込んできて、うっすらとした恐怖が身を包んだ。正面からこちらを見据えてくる瞳には、懇願の中に苛立ちや怒りが混じっている。

言えないだけの方が、どんなによかっただろう。胸の奥から、悲しみと憤《いきどお》りが綯《な》い交《ま》ぜになって迫り上がってくる。知っていて言えないのであれば、拒絶したことを責められても、言えない理由を盾に出来る。だが知らないことそれ自体を責められてしまえば、一方的に言

われるほかない。

現実を見たくなくて、母親の前から逃げ続けたのは、確かに朋の罪だ。

けれど成瀬に出会って、自分を責めることなど何もないと言って貰って、やっと自分のそんな弱さを許せるようになってきたというのに……――。

「教えてくれよ！　なあ、頼むから……っ！」

両腕を掴まれ揺さぶられ、もうやめてくれと首を振る。

「だから、知らないって言って……――」

「そんなわけがないだろう⁉」

激しい怒声に遮られ、びくっと肩が跳ねる。だが同時に、言い放たれたその一言にかっとし腹が立った。何も知らないくせに。その瞬間、自分でも思わぬ程強い声が出ていた。

「俺にどうしろっていうんだ！　本当に何も知らないのに！」

「息子の君が、知らないはずがないじゃないか！」

「……――っ」

朋の声を打ち消す程の怒声。その激しさと残酷さに、声を失った。今更のように身体が震えそうになり、ぐっと奥歯を噛みしめる。

あるのは、怒りを見せる椋木に対する怯えと、言葉を重ねることへの虚無感。覚えのあるその感覚は、つい最近まで朋の心を支配していたものだ。

子供が、親との繋がりをいつまでも保っていられると。迷いなくそう思えることが、どれ程幸せなことなのか。それを見せつけられた気がした。椋木が家族とどういう関係であるのかは判らない。だがそこには、関係を断ち切る程の深い溝はないのだろう。

何も知らないのだと――むしろ、知ることから逃げ続けてきたのだと。この人にそれを説明したら、どう思うのだろうか。緊迫した雰囲気にもかかわらず、そんなことを考えた。

「……俺は、知りません。本当です。だから、もう諦めて下さい」

ぽつりと、ただそれだけを告げる。どうやっても朋には、それしか言うことが出来ず、またそれ以上言うこともなかった。

沸点に近づいていた感情は、一瞬で冷え切った。椋木の顔を見ることもせず、呟いたきり俯く。つられたように口を閉ざした椋木の手が、ふっと朋の腕から外れた。

しばらくの間睨むように朋を見据えていた椋木が、ぎゅっと拳を握りしめる。僅かに震えたそれと剣呑な瞳に、殴られるかもしれないと身構える。ただ、それで諦めてくれるならその方がよかった。

だが結局その拳が振り上げられることはなく、椋木の長い吐息だけが辺りに響いた。堪えるような、そして諦めるようなそれに肩の力を抜く。

「判った……――仕方がない、諦めるよ」

今度は、すみません、とは言わなかった。沈黙したままの朋をじっと見た後、椋木は物言いたげな瞳を振り切るように逸らし踵を返す。

「騒がせたね。じゃあ」

落胆したように背を丸め、そこに数日前に初めて会った時の明るさは欠片もなかった。どうしてあれ程知りたがっていたのか。母親に会えないことが、それ程ショックだったのか。ふと、疑問が頭を擡《もた》げる。椋木は母親とどういう関係だったのか。それを知りたくはあったが、何も言えない朋が気にしても、それこそ仕方がなかった。

いつか、母親が見つかったら。そうしたら聞いてみよう。そして椋木が探していたことを伝えよう。だからそれで許して欲しいと心の中で謝り、朋は椋木が去った方向を見つめ続けた。

ノートパソコンの脇に重ねたプリントアウト済みの書類を、綺麗に揃えてまとめる。成瀬に頼まれていた書類作成はこれで全て終わったはずだ。最後にもう一度ファイリングされた資料を広げ、依頼人の名前や住所が間違っていないか、その他漏れや誤字脱字がないかを丁寧にチェックしていく。

全て確認した後、気になる部分だけメモ書きして一番上にクリップでとめる。案件ごとに付箋《ふせん》を貼って見やすくし、成瀬の執務室へと持っていった。あとは、成瀬が確認してから再び指示を貰うのだ。

執務室に入ると、部屋の中はがらんとしていた。午前中は地方裁判所と、示談交渉のため相手方の弁護士に会いに行くと言っていた。午後に一度戻ってきたのだが、慌ただしく書類仕事をまとめ朋に渡すと、再び外へと向かった。そこからの予定は聞いておらず、唯一知っていそうな木佐は、判断がつかない部分は自分に聞けばいいからと言うだけだった。

基本的に、朋も榛名も成瀬達の予定は常時把握している。けれど、ここ最近成瀬の予定には空白の部分が多く、そういう時は大抵外出していた。何かあれば携帯に連絡しろ、とは言われている。だがそう言いつつ連絡がつかない時もあり、仕事の時間調整などは木佐に指示を仰いでいた。

（先生、何してるのかな）

この数日、傍目《はため》にも成瀬の様子が慌ただしくなっている。大抵朝から出かけ、戻ってきたと思ったら執務室に籠もり書類仕事をまとめて、朋に渡す。その後、言葉を交わす間もなく再び出かけていく。

どうしても外せない依頼人との打ち合わせの時は事務所にいるが、それが終わるとすぐに外出してしまう。また、通常刑事事件をメインに担当している木佐も、成瀬に来る民事関係の依頼や法律相談などを肩代わりしているようだった。

忙しいのだと言われればそうかもしれない。が、いつもどこか余裕を残して仕事をしている姿を見ているため、不思議なのだ。

これには榛名も同意見だった。だが慌ただしくはあるが苛立った様子や切羽詰《せっぱつ》まった様子はなく、何か突発的な依頼が重なったのだろうということで落ち着いていた。

（もしかしたら……——）

ぼんやりと、執務室の中を見つめる。

母親のことで、何かあったのだろうか。ふと、そう思う。昼間椋木に詰め寄られた時には考えつかなかったが、もしも進展があって、それに関することで忙しくなっているのだとすれば。

「うーん……」

それはそれでしっくりとせず、小さく呻る。もしそうなら、どんなに忙しくても成瀬か木佐が言ってくれるだろう。さすがに考えすぎかと自嘲する。

けれど一方で、助力を頼んだあの日以降、成瀬や木佐達からほとんど状況についての説明がないのも気にはなっていた。もちろん、日々の仕事に追われ棚上げになっているのかもしれないし、ゆっくりと話す機会がないせいかもしれない。だが、もう少し待ってくれだとか手こずっているのだとか、その程度のことは言ってくれそうな気がするのだ。

それに。成瀬や木佐、そして飯田も。これだけ頼りになる人達が動いてくれて、何の情報も掴めないというなら、多分どうやっても朋が探し当てることは出来ないだろう。

話す程のことがないのか……——朋には、話せない何かがあるのか。

（話せない、か）

状況的によくない情報があり、あえて隠しているというのなら理解は出来た。そうなったら、本当にぎりぎりまで成瀬達は朋に何も言わないだろう。

例えば。既に母親が、亡くなっている……——とか。

「……——」

悪い想像というのは、どうしてそれが一番しっくりくるような気がしてしまうのか。内心でそっと、覚悟はしたはずだと自分に言い聞かせる。

どんな話を聞こうとも、探そうと決めたのは自分だ。辛いものになるかもしれないのは、百も承知で決めた。だから、母親を探そうとしたことを後悔だけはすまいと。

「大丈夫……」

元々、あまりいい結果を聞けるとは思っていない。どんな結果でも、朋が自分を責めることには変わりがないだろう。だが、こうして実際に探し始めてから動揺する自分を見つければ、覚悟が足りないことを痛感する。

それでも、今は傍に成瀬がいてくれる。甘えすぎてはいけないと思うけれど、やはり誰かがいてくれると思えること、それ自体が心強かった。

(やめよう。それこそ、今考えても仕方がない)

ふるふると首を振り、暗い考えを追い出すようにゆっくりと息を吐いた。こうして悲観的に考えるのは、悪い癖だと言われている。

朋自身どうにかしたいとは思っているのだ。考えても仕方がないことは、出来るだけ考えない。そう自分に言い聞かせてはいるが、やはり一朝一夕に性格を変えることは難しい。

(早く、ゆっくり出来るようになればいいのに)

全く成瀬と顔を合わせていないわけではないのに、そう思わずにはいられない。けれど同時に、そんな自分がひどく自分勝手な人間になってしまった気がして嫌になる。成瀬と出会う前は、誰かと顔を合わせることの方が苦痛だったのだ。少しくらい二人きりの時間が持てないからといって不満を持つ方が、どうかしている。

それに、もう一つ。そんな状態であるため、昨日今日で起こった椋木とのやりとりを話せないままになってしまっている。成瀬には話しておこうと思っていたが、どうしようかと頭を悩ませた。

(今言っても、余計な心配かけるだけかもしれないし)

仕事が忙しく、その上朋の母親の件もあり。更に椋木のことを話せば、心配を上乗せさせてしまう。そこまでの実害があったわけでもなく、ならば、もう少し落ち着いてからの方がいいかもしれない。心の中で独りごちる。

「朋君、いる?」

こんこんと扉を叩く音に、はっとする。気がつけば、成瀬の執務机の前でぼんやりしてしまっていた。慌てて書類を机の上に置き扉を開けば、部屋の前には木佐が立っていた。

「すみません、仕事ですか?」

「ああ、いや。んー、ちょっと元気がないかな?」

「え?」

朋の顔を見た木佐が、頭を撫でてくる。そんなに判りやすかっただろうか。窺うように木佐を見れば、案の定読めない表情で微笑まれた。

「ぐるぐるしてますって、顔に書いてあるよ」

子供にするように頬を指先でつつかれ、ごまかすように視線を逸らす。否定したとしても、木佐の追究を躱《かわ》せるとは思えなかった。

「何か、心配ごとがあった？　それともまだ彼女のことが気になる？」

優しい声に、いいえと小さく苦笑する。

「大丈夫です。あの、木佐先生」

「ん？」

折角だから母親のことを聞いてみようか。ちらりと考えたものの、すぐにやめておこうと思い直す。朋からその話をすると、仕事が忙しい時に催促しているようで申し訳ない。

「いえ。成瀬先生、まだしばらくお忙しいんですか？」

質問をすり替えて問えば、なぜか木佐が仕方ないなと言いたげな顔つきで朋を見る。だがそれ以上は何も言わず「そうだね」と頷いた。

「ちょっと立て込んでるから、もう少しかかるかな。まあ、朋君が寂しいから傍にいてってて言えば、仕事放り出して戻ってくるかもしれないけど」

「……——っ」

からかわれているだけだと知っていても、成瀬に会えなくて寂しいと思っていた気持ちを見透かされたようで顔が熱くなってしまう。そんなことしませんと恨みがましげに見れば、木佐が楽しげに再び朋の髪を撫でた。

「もうちょっと、思うままに振る舞ってもいいとは思うけどね。甘えるのと我が儘は、全然違うものだよ」

「木佐先生……」

言葉遊びのように思えるが、朋のことを心配してくれているのだろう。小さな子供のような扱いをされていると思ったが、不思議と腹は立たなかった。

「ま、悩むのも迷うのも、慎重さだと思えば長所になる。だから、無理に何かを変えようと思う必要はないよ。ただ、君より人生経験を積んだ大人が周りにいて、アドバイスをあげられるってことだけ気に留めておいてくれればね」

その言葉をありがたく噛みしめ、はいと頷く。迷っても、悩んでもいいのだと。それを肯定されて、強張っていた肩からすっと力が抜けた気がした。

「それにどっちかと言えば、僕は今のからかいがいのある朋君でいて欲しいしね」

「……先生」

ふふん、と自信満々に付け加えられた言葉に、溜息が漏れる。最後の最後でオチをつけなくてもいいのにと項垂れつつ、そういえば、何か自分に用事があったのではないかということを思い出す。

「あ、すみません。仕事があったんじゃないですか?」

「うん、そろそろ帰る頃だろう? 悪いんだけど、途中で郵便局に寄ってこの手紙出して貰えるかな」

大判の封筒と定形封筒を重ねて渡され頷く。事務所から成瀬のマンションへと向かう道の途中に、郵便局があるのだ。渡された封筒を数え、三通ですねと確認する。

「判りました。他に、何かありますか？」

「いや、今日はいいよ。朋君達が帰る頃、僕も外に出るから。あ、事務所は一旦鍵閉めちゃうから忘れ物しないようにね」

「はい、あ……っ」

「ん？　何？」

やはり木佐に、椋木のことを先に話しておこうか。ふと思いつき、立ち去ろうとした所を呼び止める。だがそれを打ち消し、ありがとうございますと告げた。

（あれなら多分、もう大丈夫だろうし）

椋木には悪いことをしたが、もうここへは来ないだろう。やはり、成瀬の時間が空いた時を見計らって話を聞いて貰おう。

「どういたしまして。何かあったらちゃんと言うようにね」

「はい」

頭を下げ、成瀬の執務室を出るとパソコンの電源を落とす。渡された封筒を忘れないように目につく場所に置き、片付けを始めた。木佐と話して気が紛れたからか、昼間の騒動や母親のことで鬱屈《うっくつ》した気分がほんの少し晴れていた。

椋木のことを話せば、どうしてもっと早く言わなかったと成瀬に怒られるかもしれない。が、そうしたら忙しい理由を聞いてみよう。

「二人とも、閉めるよー」

終業時刻を過ぎ、木佐が荷物を手に入口に立つ。事務所を施錠し榛名や木佐と別れた後、帰途につく。佳織に会う憂鬱さはあれど、その足取りはこれまでよりも少しだけ軽かった。


買い出しを終え成瀬のマンションに帰り着いた頃、辺りは既に暗くなっていた。今週は佳織の帰りが遅いため、夕飯の支度は朋が引き受けている。何にしようかと思いつつ買い物をしていた途中、安売りを見つけてしまい、生活用品まで買い込んでいたらすっかり遅くなってしまったのだ。

「石川さん?」

マンション入口の、オートロックの扉を開き中に入る。エントランスホールにある、全部屋分の郵便受け。そこで、佳織が難しい表情をして立っているのを見つけ足を止めた。手には荷物があり、その時点であれと首を捻った。

(石川さん、郵便受けの番号知ってたかな)

エントランスの郵便受けは、盗難防止のため暗証番号を入力し開くようになっている。だが佳織はその番号を知らないはずで。それはともかくと近づけば、佳織が朋に気づき顔を上げた。

「ああ、櫻井君」

「お疲れ様です、今日は早かったんですね」

「ええ。オーナーの都合で早仕舞《はやじま》いだったの……ね、ちょっとこれ見てくれる？」

近づいた朋に、佳織が包みを差し出してくる。シンプルな包装紙に包まれ、紫を基調とした数色の洒落たリボンで飾られているそれは、どう見ても誰かへのプレゼントのようだ。

「貰ったんですか？」

素直に思ったままを問えば、それじゃあ櫻井君に見せても仕方がないじゃないと苦笑される。確かにそれはそうだ。的外れなことを言ってしまったことに、顔を赤らめた。

「さっき帰ってきた時にね、そこに別の部屋の人の手紙が落ちていたから、拾って外から入れておいたの。そしたら、成瀬の部屋番号の所にこれが押し込まれてて。大きすぎて半分くらいで詰まってたし、中からは取りにくそうだったから外から引き抜いてきたの」

「先生の所に？」

「そう。で、ほら。配送票も宛名もないでしょう？　だから多分、誰かが直接マンションに来て外から入れたんだと思うけど……櫻井君、心当たりある？」

「……いえ」

不審な内容に眉を顰めてしまう。一体誰が入れたというのだろうか。

「先生の知り合いか、それとも入れ間違えたとか、ですかね？」

「その可能性はあると思うけど、普通、こんな見るからに贈り物みたいなものを、無理矢理郵便受けに突っ込むかしら。管理人室に預けるなり、他にも方法はありそうなのに」

それはそうだ。改めて見れば、包装やリボンは丁寧にされているが、郵便受けの投函口に押し込まれていたため、皺《しわ》だらけになっている。幅は投函口より少し大きい程度、胸に抱える程の大きさはあるが厚みがなく柔らかい。だから押し込められたのだろう。

佳織が持つそれをそのままに、成瀬の部屋番号の郵便受けを開く。中には幾つか郵便物が入っており、折れた様子もなく収まっている。ならば、配達が終わった後に入れられた可能性が高い。

「とりあえず、部屋に戻りませんか？　先生が帰ってきたら聞いてみましょう。心当たりがあるかもしれませんし」

不安げな顔をしている佳織を安心させるように笑う。確かに気味は悪く、成瀬のことが心配でならなかったが、ここで朋まで不安そうな顔をしても仕方がない。そうねと表情を緩めた佳織が、朋の手元にようやく気づいた。

「それより、櫻井君凄い荷物」

「あ、はい。安売りを見つけたのでつい……」

買いすぎて、と決まり悪げに荷物を持ち直す。安売りは買ってしまうわよね、と至極《しごく》真面目な表情でそれに同意するように頷いた佳織が、手伝うわと右手に持った袋を引き取ってくれた。

「さ、戻りましょう。今日は私が作るわね」

当然のことのように告げた佳織から、すっと目を逸らす。心に黒い染みを作るように、じわりと広がった不快感。そしてここに佳織がいることが、日常になりそうな恐怖。そんな、あまり見たくない種類の感情に無理矢理蓋をすると、朋は小走りで佳織の背を追った。


部屋の中には、どこか緊張感の漂う沈黙が落ちていた。

リビングのソファ。朋と成瀬、佳織が向かい合うように座り、みんなで成瀬の手にある包みを見ている。裏表と返して見た成瀬が、朋達に視線を移す。

「心当たりはないいな。間違いか、さもなきゃ悪戯《いたずら》か」

「そんな……」

佳織が顔を曇らせ包みを見る。怯えの混じったその瞳は、助けを求めるような色に変わり、成瀬に向けられた。先日まで家に嫌がらせを受けていたのだから、無理もない。安全だと思っていた場所で何かあれば、更に恐怖心は増す。自分の身に起こったことと、結びつけずにはいられないのだろう。

「とにかく、開けてみるか」

おもむろにリボンを外し、包装紙を剥《は》がす。後で戻せるようにか、無造作な手つきの割には丁寧に包装紙が開かれた。出てきたのは白い薄紙で、それもゆっくりと剥ぐ。

「え？」

「……――」

中身を見て、朋と佳織が目を瞠った。荷物を持った時の感触からなんとなく予想はしていたが、入っていたのは洋服だった。だが成瀬の所の郵便受けに入れられていたことから、それは男物だと思い込んでいたのだ。

なのに、今目の前にあるのは。

「え、ドレス？」

戸惑ったように声を上げたのは佳織だった。ばさりと開いた成瀬の手にあるのは、光沢のある滑らかな布で作られたロングドレス。クリーム色のそれは、シンプルだが上品さが窺える。デザイン自体はさほど華美なものでもなく、胸元に飾られた花と凝《こ》った刺繍《ししゅう》が唯一の装飾だった。

けれどそれは、明らかに女物で。成瀬と朋の視線が、佳織に注がれた。

「……私？　でも、ドレスなんて誰が」

「まあ間違いかもしれんが。念のため調べておくか。朋、お前に心当たりは？」

佳織に嫌がらせをしていた人物か、成瀬の仕事相手。さもなくば朋、ということだろう。だが朋に対して女物のドレスを送ってくるような人間など思い当たらない。ありません、と否定はするものの、慣れた空間に異質なものが混じり込んだような違和感に、自然と声は弱くなった。

「秋貴……――」

縋るように佳織が成瀬を見る。それにあまり心配するなと言い、成瀬が大雑把《おおざっぱ》に畳んだドレスをテーブルの上に置いた。

「とりあえずしばらくの間、夜になったら帰りはタクシーを使え。朋、お前もだぞ」

「え？」

間の抜けた返事をした朋の額を、成瀬が指の背でこつんと叩く。

「え、じゃねえよ。相手の目的が見えない以上、全員が気をつけておけってことだ。いいな」

呆れたような声に、はいと叩かれた所を押さえる。中身が女物のドレスだったことで、自分を対象外にしてしまっていた部分はあった。危機感が薄いと咎められたようで、気まずげに成瀬を見遣る。そんな朋を苦笑とともに見た成瀬が、ガサガサと包みを元に戻し始めた。恐らく飯田か誰かに、調べるよう頼むのだろう。

クリーム色のドレス。

今更ながらに、嫌な予感が胸を駆け巡る。何事も起きなければいい。ただの手違いであることを祈りつつ、朋はじっと紙に包まれていくドレスを見つめていた。

「……よ。助かったわ」

漏れ聞こえてきた声に、ぴたりと足が止まる。廊下からリビングに続く扉。開いたままになっているそれの前で、朋はそれ以上先に進めなくなった。

最後に風呂を使い、掃除まで済ませて出てきた後。寝室へ行く前に、成瀬に声をかけておくためリビングに行こうとした。すっかり記憶の隅に押しやられていた椋木のことを思い出したのだ。

忙しいからか、最近成瀬は家でも仕事部屋の方に籠もっていることが多い。明け方朋が寝入ってしまっている頃にベッドに入るか、そのまま仕事部屋で寝ることもある。かといって仕事部屋に押しかけて邪魔をしたくはなく、司法書士の勉強についての質問を口実にして、時間のある時で構わないから話があることだけ伝えておこうと思ったのだ。

だがリビングでは、成瀬と佳織が話し込んでいるようだった。

「大げさだ。俺は何もしてないだろうが」

「そんなことはないわよ？　だって、本当に気味が悪かったし心細かったもの。やっぱりこういう時、一人は寂しいって思うわ」

「寂しい、か。そんな性格だったか？」

「ちょっと、失礼ね。私だって女よ。誰かと一緒にいたいって思うのは、当然じゃない」

二人の会話に、身体の奥が引き絞られるような痛みを覚えた。朋がいない時は、いつもこんな雰囲気なのだろうか。安心しきった佳織の声と、いつも通りの成瀬の声。そこに見えない二人だけの歴史があるようで、割り込むことも出来ない。

佳織の言葉を、成瀬に聞かせたくない。そんな思いが渦巻く。醜《みにく》く、黒い。真っ黒い、澱《おり》のような感情。

「本当に、貴方がいてくれてよかった……――秋貴」

その声を聞いた瞬間、朋は音を立てぬよう身を翻していた。

聞いてはいけないものを聞いてしまった、そんな感覚だった。どきどきという鼓動が耳元でしているかのように煩い。

安堵に満ちた、そして、湿り気を帯びた声。艶めいたそれは、自らを進んで相手に明け渡す時のものだ。だから、あれは成瀬へ向けられた……――。

ぐっと奥歯を噛みしめ、衝動を堪える。

成瀬が何かを言っていたわけではない。だから大丈夫。自分は、成瀬を信じてさえいればいい。でも、あの人は女の人だ。それに、成瀬の友人で。成瀬の。

相反する思いを振り切るように、頭を振る。そっと寝室に入ると、ベッドの布団をめくり潜り込んだ。頭からすっぽりと被った掛け布団の中で、強く目を閉じる。

渦巻くものは、恐怖と嫌悪。成瀬を取られてしまうかもしれないという恐怖、そして、佳織を責めてしまいそうになる自分への嫌悪。これまで自分に散々投げつけられてきた罵倒を、誰かに向けたくはなかった。それは、傷つけられることを知っている朋の矜持《きょうじ》だ。

成瀬は、朋を大切にしてくれている。だからこそ、こんな気持ちは隠しておきたかった。既に散々情けない部分を見せてはいるが、なるべくなら成瀬には、今の自分のいい所だけを見せていたい。

「朋？　寝たのか？」

どのくらい時間が経ったのか。ぐるぐると考え込んでいるうちに、寝室の扉が開き成瀬の声がした。こんな時ばかり、タイミングよく顔を出してしまう相手を少しだけ恨む。今の顔は見られたくない。そう思いじっとしていたが、しばらくすると、ぐいと掛け布団が引き剥がされた。

「……──っ」

「ああ、やっぱり起きてたな」

にやりと笑った顔に、腹が立つ。けれどゆっくりこんな顔を見るのも久々で、目が離せなくなってしまう。

「なんだ、どうした？」

じっと見上げてくる朋に、成瀬がふっと目を細める。優しげなその雰囲気だけで、泣きそうになってしまう自分が情けなかった。

「先生……」

そのまま起き上がって座り込めば、成瀬がベッドの端に腰を下ろす。ちらりと寝室の扉を見た朋の心の声を汲《く》み取ったかのように、成瀬が、佳織ならもう部屋に行ったと告げた。そのことに、少なからずほっとしてしまう。

「あ、先生。今日はお仕事は？」

「たまには休ませろ。それより朋、お前何か話があったんじゃないか？」

「え？」

どうして。目を見開き、そして昨日のことがあったかと思い出す。丁度話そうとした時に佳織が来て、そのままになっていたのを覚えてくれていたのだ。

「悪かったな、時間が取れなくて」

するりと頬を撫でられ、俯いて首を横に振る。言葉が詰まって出てこなかった。さっきまで渦巻いていた感情が、潮が引くように消えていく。まるで成瀬の一言に、朋の感情を支配されているようだった。

「先生」

だが話し出そうとした時、脳裏に蘇ったのは先程の佳織の声で。ざわりと悪寒が走り、先生、ともう一度繰り返す。

「石川さん……引っ越し先は、見つかりそうなんでしょうか」

「あ？　ああ、幾つか条件のよさそうな所で候補は決めたみたいだな。あとは、日程合わせて見に行くとか言ってたが」

「そ、うです……か」

では、まだ決まってはいないのか。残りの日数を数え、更にさっきのドレスの件で期間が延びるかもしれないと思い、途方に暮れる。そして同時に、そんな考えになる自分に落ち込んでしまった。

「悪いな」

成瀬が謝ることではない。そんな、と慌てて否定する。これは自分の問題だ。

「さっさと決めさせて追い出すから、もう少しだけ我慢してくれ」

「――はい」

引き寄せられ、ぽすりと成瀬の胸に抱き込まれる。久々に感じる体温に、ほっと息をついた。煙草の匂いすら懐かしい。犬がじゃれつくように、パジャマに鼻先を埋めた。

「なんだ、今日はえらく素直だな」

くくっと笑った振動が、頬をつけた成瀬の胸から伝わってくる。だが今日は、からかわれても腹は立たなかった。

もう少し、強くなりたい。切実にそう思う。一人で立つことの出来る、揺らがない人間になりたかった。そうしなければ、成瀬と一緒にいても、いつまでも頼ることしか出来ない。だからこその勉強だった。力になれる術を身につければ、傍にいる意味が見つけられる。そうでなければ、ただ庇護《ひご》されているにすぎない。

佳織の存在に朋が振り回されてしまうのは、性別の問題もあるが、相手がしっかりと自分の基盤を持っているからだろう。対等に支え合える人間と、支えて貰うことしか出来ない人間。先々のことを考えた時、一緒にいてどちらが長く続くかは明白だ。

「すみません。ここの所色々とあったから、頭が追いつかなくて」

「そりゃあな。俺も、こんなことになるとは思わなかった」

指先で遊ぶように、成瀬が朋の髪をいじる。くいと軽く引かれ、それに促されるように上向いた。成瀬と、目が合う。

「木佐先生から」

「ん？」

ふと、木佐から言われた謎かけのような台詞を思い出す。

「先生が今まで付き合った人は、俺とは全く正反対の人達ばかりだったって」

「……——っ！」

ぶは、と噴き出した成瀬に、すみませんと続ける。

「俺、先生の好みからは外れてるかもしれませんが、出来るだけ面倒かけないようにしま……っんう!?」

だが、あろうことか思い切り掌で口を塞がれ、最後まで言うことは出来なかった。努力するから、もう少しだけ待って欲しい。そう言いたかったのにともがけば、成瀬の「木佐の野郎、覚えてろ」という苦々しげな声が耳に届いた。

「う？　んんっ！」

ぐいと背後に押され、ベッドに仰向けに倒れる。口は押さえられたままで、驚いて上げた声はくぐもったものになった。大きな声にならずほっとしたのも束の間、朋の身体に乗り上げてきた成瀬を見上げた。

「せ、先生？」

「くだらねぇ情報ばっか仕入れてきた罰だ」

「えぇ!?」

それは、朋のせいではないはずだ。小声でそう訴えようとするが、そんな暇もなくパジャマの中に掌が差し込まれる。その意図を読み取り、朋は打って変わって激しく頭を振った。嫌だ。そう懇願するように、成瀬の手を握り止める。少なくとも、佳織がいるこの場所で、そんなことはしたくなかった。

「嫌だ……先生」

ぎゅっと、指先が白くなる程強く成瀬の手を握る。すると、優しくこつんと額を合わせられた。宥めるようなそれに、ゆっくりと力を抜いていく。そして成瀬の手がそこから動かないと悟ると、完全に力を抜いた。

「朋」

間近にある成瀬の顔が、更に近づいてくる。ちゅ、と小さな音とともにキスされた後、互いの唇の間に僅かな隙間が出来た。

「俺は、構わねぇけどな」

笑い混じりのそれに、駄目です、と泣きそうになりながら言う。気持ちの上でも、もちろん嫌だったが、何より万が一の場合困るのは成瀬なのだ。

「あともう少し、ですよね?」

全部終わって、二人きりの時間が持てたらゆっくりしたい。そう願うように成瀬を見れば、「なんの拷問だ」と苦笑された。二人で並んで布団に入り、成瀬の胸元に抱き込まれる。これじゃあゆっくり眠れないだろうと離れようとしたが、こうしていてくれと言われ素直にその場に収まった。

「全部、ツケとくからな」

眠りに落ちる寸前、成瀬が朋に言う。なんだか、朋ばかり罰を受けるようで納得がいかない。詐欺《さぎ》だと思いつつ、眠り込んだ成瀬の顔を見る。

疲れているのだろう。朋を抱き込んだままだというのに、既に規則正しい寝息を立てている。その目元には隈《くま》が浮かんでおり、朋は指先でそっと成瀬のこめかみを撫でた。

成瀬の多忙もいつ終わるのか。そしてふと、椋木のことをまた話しそびれてしまったという事実を思い出した。ここの所、いつもこんな感じだ。自分の間抜けさ加減に呆れてしまう。

(まあ、いいか)

ドレスの件もあるし、疲れている成瀬にこれ以上の負担はかけたくなかった。このまま様子を見て、何も起きなければそれでいい。もしまた現れるようなら、すぐに木佐か成瀬に相談しよう。

「……――おやすみなさい」

小さな声とともに、成瀬の胸元に顔を埋める。久々の安堵に包まれて、朋はゆっくりと眠りに落ちた。

「え？　留守番ですか？」

「そう。って言っても、すぐ成瀬が戻ってくるから、それまでの間でいいよ」

夕方の事務所。仕事を終え帰り支度をしようとしていた所で、木佐に呼び止められた。もし用事がなければ、成瀬が帰ってくるまで事務所で留守番をして欲しい。そんな珍しい内容に何かあったんですかと問えば、だが返ってきた答えは至極単純だった。

「今日、当番日だったのをすっかり忘れててね。これから警察なんだけど、荷物を受け取らないといけないのに、うっかり一日事務所にいるって言っちゃったんだ。悪いんだけど、ちょっとだけ残って受け取って貰えるかな」

昨日榛名が、明日は当番弁護士の当番日だと釘を刺していたのは覚えている。

当番弁護士制度は、弁護士に伝手《つて》のない容疑者が取り調べを受ける前に、なるべく迅速に弁護士からアドバイスを受けられるよう作られている制度である。当番弁護士として登録していると、決められた当番日に、接見の必要がある場合連絡が来る。

いつも前日には朋か榛名が指摘するのだが、指摘されたこと自体を忘れてしまっていたらしい。何事にもそつがない木佐にしては珍しいことだが、ここの所、木佐に成瀬の仕事が回り忙しくしているため、スケジュールが抜けてしまっていたのだろう。

「判りました。成瀬先生、一日お出かけですよね。いつ頃戻られるんですか？」

「あー、そうだねぇ。多分、そろそろ戻ると思うけど。ああ、そうだ。今日はちょっと機嫌が悪いかもしれないから、慰めてやって」

「……——は？」

何かあったのだろうか。最後の言葉に驚いていれば、木佐がそれ以上の説明はせず、よろしくねとだけ言い残して執務室に戻る。その後すぐに準備を終えると、慌ただしく事務所を出て行った。

「機嫌が悪い、か」

嫌な相手と会う予定でも入っていたのだろうか。そんなことを考え、成瀬を待つ間勉強でもしようと参考書を広げる。今日は、榛名が元々予定していた有給で休みなのだ。木佐が出て行った後、一人残された事務所は耳が痛い程静かだった。

ふと、あれから枚数の増えたドレスのことを思い出す。

最初に見つけたあの日から、一週間以上が経っている。その間に増えた枚数は、三枚。毎回同じように郵便受けに入れられていた。

中に入っているドレスは、いつもシンプルなラインのデザインだった。身体の線が綺麗に映《は》えるよう、細身に作られている。肩口や胸元、その他細かい装飾は違うが、総じてイメージは共通していた。

そして、やはり入っているのはドレスだけで。贈り物めいているのに、メッセージカードの類は一切なかった。

危害を加えようとしているのか、想いを伝えたいと思っているだけなのか。誰がなんの目的でやっていることなのか推測も出来ないため、怖いと言うより気味が悪かった。

『これを着せたい、ってことなのかしら』

唯一思いつく目的は、佳織の言ったそれだけで。

ドレスが、どこのブランドなのかなど。そんな情報は全く判らなかった。成瀬が飯田に頼んだ所、袋に触った成瀬や佳織以外の指紋は出なかったらしい。それ以上の詳しい鑑定も頼んでみると言ってくれているが、飯田が非公式に同期の知り合いに頼んでいるため、結果は遅くなるそうだ。

指紋が一切出なかった辺りは、相手の周到さや偏執性が表れているようでぞっとする。成瀬も、このまま何も情報が掴めなければ念のため被害届は出しておくと言っていた。

それに関して、佳織の滞在期限が延びるかどうかは話されていない。佳織自身は気味悪さも手伝い、もう少し残っていたいような素振りを見せている。が、成瀬は一ヶ月という期間を翻す気はないようだった。

『なんだか最近、帰ってくる時に妙な感じがして』

誰かがいつも、エントランス付近にいるような気がするのだと。佳織はそう言っていた。マンションの前で誰かの走り去る足音を聞いたり、鍵を開いている時に視界の端に人影が見えた気がしたり。見られているような気もするのだ、という佳織の訴えに、朋は躊躇いつつも同意した。はっきり同じだとは言えないが、エントランス付近で見られているような気がしたのは確かだ。

ただ、朋は佳織程はっきりとそう思ったわけではないし、気のせいかもしれないとは付け加えた。ドレスの件で、人の出入りに敏感になっているという可能性もあるからだ。その後念のため管理会社に連絡し、周辺の見回りをして貰っているが、怪しい人間がいたという報告は受けていない。

『これが、似合う人間ねぇ』

ドレスを広げて考え込んだ、成瀬の声が思い浮かぶ。

朋自身は、ファッションセンスなどないに等しいと思っているため、人にどんな服が似合うかは判らない。けれど、成瀬のその呟きはなんとなく理解出来る気がした。

ターゲットが、佳織だとして。全てのドレスが、佳織に似合うかと言われれば、どうなのだろうと思うのだ。

確かにシンプルなデザインは、すっきりとした清潔感のある佳織の雰囲気に合っているのかもしれない。サイズも合いそうではある。だが、色合いや装飾がどうにもぴんと来ないのだ。佳織は、真っ直ぐな潔《いさぎよ》いイメージなのだが、ドレスはもう少しふんわりした感じ、と言えばいいのだろうか。

多分そこが、成瀬を悩ませているのだろう。むしろ相手の目的が、もう少しはっきり佳織だと確定出来るような状態ならば、朋の感情はさておき佳織を保護する方向に動いている気がするのだ。

「でも、佳織さんくらいしか、あんなの着られないだろうし」

うーん、と考え込んだ所で、参考書が一ページも進んでいないことに気づく。全く集中出来ていない。こんなことじゃ駄目だと、気合いを入れるようにぱんと両手で頬を叩いた。

『ねえ。櫻井君は、成瀬とどういう関係なの？』

不意に思い出した佳織の言葉に、ぎくりとする。たった今自分で叩いたばかりの頬をそろりと撫で、数日前の光景を思い返した。

いつものように成瀬の帰りが遅く、朋と佳織の二人で夕食を食べていた時のことだ。ちらちらと物言いたげに佳織がこちらを見ていることには気づいていたが、相手が何か言い出すまではと黙っていた。

すると、思い切ったように佳織がさっきの言葉を向けてきたのだ。

そんなことを聞かれたのは、佳織が成瀬の家に来てから初めてのことで。少しの間何を聞かれたのかと考えてしまった。関係、とぼんやりと呟き、次の瞬間ばれたのだろうかと血の気が引いた。そして、真剣な面持ちで朋を見ている佳織に、こう返したのだ。

『……――恩人です。成瀬先生は、俺の』

間違ってはいないし、嘘でもない。ただ、正確でもなかったが。

『恩人？』

『ええと、困ってた所を助けて貰って、今もよくして貰ってますから……』

そういう人は、恩人だと言うのではないだろうか。そんな答えに、佳織はそうなのとだけ言って話は終わった。ただ、眉根を寄せた様子から納得はしていないようであったが。

（なんだったんだろう、あれ。まさか、先生と話してたのを聞かれたとか？）

だが、成瀬と二人きりで話す機会があったのは寝室だけで。あそこは扉を閉めていれば、小声で話したぐらいでは外に音が漏れることはない。そこまで考え、ふと違うことを思い出し恥ずかしくなる。外には聞こえないと、ベッドの中で別の時に言われたことを思い出したのだ。もちろんその時にも、部屋の外に誰かがいたわけではないが。

「まあ、大丈夫……かな」

多分、ずっと気にはなっていたのだろう。それ以上追究されなかったことから、漠然《ばくぜん》とそう思う。普通なら、職場の事務員をわざわざ家に下宿させたりはしない。知り合いの紹介とは説明しているから、その辺りで何かあるのかもしれない、程度に思ってくれればいいと願った。

「あ、来たかな」

事務所の入口がノックされる音が聞こえ、腰を上げる。扉を開けば、そこに立っていたのは時折事務所を訪れる顔見知りの弁護士だった。木佐の不在を告げ、差し出された紙袋を受け取る。ずしりと重量のあるそれは、恐らく本か資料の類だろう。

礼を言って見送り、事務所の入口に施錠する。木佐の執務室に受け取った荷物を置いた所で、誰かが入口の扉を開く音がした。恐らく、成瀬が戻ったのだろう。急いで執務室を出れば、再び施錠を済ませた成瀬が疲れた様子で中に入ってくる所に出くわした。いるとは思っていなかったようで、奥から出てきた朋の姿を見て目を瞠る。

「なんだ、お前まだいたのか？」

「はい。木佐先生に頼まれて、荷物が届くのを待ってたんです」

「来たのか？　木佐は？」

「木佐先生は、当番日の接見に行かれてそのまま直帰だそうです。荷物はたった今。樋口《ひぐち》先生がいらっしゃいましたが、お会いになりませんでしたか？」

「いや。エレベーターですれ違ったか――朋」

鞄《かばん》を持ったまま執務室に向かった成瀬が、朋を呼ぶ。そういえば、今日の成瀬は珍しくきちんと髭を剃っており、スーツも着ている。ネクタイが緩められてはいるが、恐らく用事が終わってからのものだろう。

（大切な用事でも、あったのかな）

今朝は、成瀬が早く出て行ったため、顔を合わせるのはこれが初めてなのだ。

執務室に入った成瀬を追い、後に続く。入口の扉を閉めようとし、そういえば、と足を止めた。

「先生、お茶飲みますか？　入れてきます」

「いや、いい」

いらないと言われ、疲れてそうなのにと思いつつ扉を閉める。すると、執務机の前に立った成瀬が、鞄とコートを机の上に置き無言で朋を手招いた。機嫌が悪いだろうから、と木佐は言っていたが、それよりも疲れているといった印象だ。心配に眉を曇らせ、成瀬の方へ近寄っていく。

「先生？」

執務机に浅く腰かけた成瀬が、朋を引き寄せる。背中から抱え込まれるように成瀬の脚の間に立てば、背後からぽすんと肩に顔が埋められた。甘えるような仕草に驚く間もなく、何かを押し殺すような深い溜息が耳に届く。

辛いことでもあったのだろうか。思わず、成瀬の髪に頬を擦り寄せた。

「先生？　大丈夫ですか？」

そっと宥めるように、腹に回された成瀬の腕に自分の掌を重ねる。外が寒かったからだろう、成瀬の身体はひんやりとしていた。少しでも温まればと、体温を移すように成瀬の身体に寄り添う。

原因が判らない以上、朋に出来るのはこうやって成瀬の傍にいることくらいだ。話を聞ける雰囲気でもなく、ならば黙っていた方がいい。話せることならば、そのうち話してくれるだろう。

本音を言えば、話して欲しかった。弱音でも愚痴でもなんでも。けれど、自分の力不足も知っているから、朋から聞くことは出来ない。相談相手にもなれないのに話だけ聞きたがるのは、ただの自己満足だ。

苛立ちや焦燥。そんな感情を敏感に感じ取り、朋はただ黙って成瀬に寄り添い続けた。そうしてしばらく経った頃、成瀬が顔を上げ肩から重みが消える。それに合わせて身体を離そうとするが、予想に反して腕は解かれなかった。左手で腰を抱かれたまま、右手で顎を掴まれる。少し無理な体勢で後ろを振り向かせられ口づけられた。

「ん……」

煙草の苦みが強いのは、ついさっきまで吸っていたからだろう。すぐに潜り込んできた成瀬の舌に、自分のものを絡める。

じゃれ合うように互いの舌を絡め合う。あまり艶めいた色のない口づけは、どちらかといえば労り合う類のものだ。ゆったりと、疲れた心を癒すような。

少しだけ首が痛くなってきた頃、唇を解こうとして、顎に添えられていた手が外されていることに気がついた。そして、微かな違和感。

「……——っ」

次の瞬間、身体に押しつけられた掌の冷たさに、ざっと肌が粟立《あわだ》つ。前を向けば、いつの間にかシャツのボタンが外されており、はだけたシャツの中に差し込まれた右手が朋の胸元を這っていた。

こんな場所で何を。慌ててその手を掴むが、引き剥がせない。

「あっ……んぅ」

胸先を抓《つま》まれ、身体が震える。止めるために掴んでいた手を、今度はぎゅっと縋るように握った。冷たい手に触られているからか、久しぶりの刺激だからか。柔らかかった先端はすぐに凝り固くなっていく。

「先生、ここ……事務所っ」

そのまま指先で胸を弄《まさぐ》られ、零れそうになる声を噛む。どうにか息の合間で訴えれば、だが返ってきたのはそっけない一言だった。

「ああ」

「え？」

驚いて成瀬から離れようとするが、離れられない。逆に一層強く抱き込まれてしまい、焦りが募った。まさか本気でここでするのだろうか。

「ここ、仕事場です……っ」

仕事をする場所でこんなことをしていいはずがない。そう止めても、成瀬は聞き入れることなく冷静に返してくる。

「家じゃ嫌なんだろう。ここなら誰もいないんだ、気にするな」

「そんな問題じゃ」

「悪いな。今ここにお前がいなきゃ、しばらく頭冷やしてどうにかしたんだが。生憎、いたからな。運が悪かったと思って今日は諦めろ」

ぼそりと。少しだけ低い、独り言めいた呟き。あまり感情の見えないそれは、落ち着いているのに、どこか焦っているようでもあり。ぴたりと朋の抵抗が止まる。

どうすればいいのか。混乱しつつ、抵抗すればいいのか諦めればいいのか迷ってしまう。

成瀬に求められること自体は別に構わない。むしろ久しぶりに二人でいられて嬉しいくらいだ。ただ、事務所という場所が問題なだけで。

だが、場所を移そうと言っても聞き入れてくれそうな雰囲気ではなく。静かにパニックを起こすが、当の成瀬は構わず先に進めてしまう。

首筋を辿るように口づけ、耳の後ろ、髪で隠れる部分を吸われる。ちくりと微かな痛みが走り、やがて、ぐいとシャツが肩から引き下ろされた。

「あ、や……っ」

「ここが嫌なら、目ぇ閉じてろ」

そうすれば、ここがどこかなんて判らないだろう。剥《む》き出しの肩に口づけられながら言われ、そんなと情けない声を上げる。

「悪ぃが、限界だ。これ以上ぐだぐだ言うなら、縛りつけてでもやるぞ」

「……――っ」

目を瞑《つむ》るのが嫌なら、目隠ししてもいいが。どっちがいい？　本気と判る声で問われ、思い切り首を横に振った。出来ればどちらもやめて欲しい。

「先生……？」

何があったのだろうか。つい不安げな声で成瀬を呼んでしまう。すると、顔を上げた成瀬がふっと小さく笑う気配がした。苦みを伴ったそれに、顔を見るため振り返ろうとする。だが身体を抱き込まれ、それは叶わなかった。

「いいから、気持ちよくなってろ」

そうしてこめかみに落とされたキスは、いつもの成瀬と変わらず、優しかった。


「……っふぁ」

皓々《こうこう》とした蛍光灯の光に照らされた室内で、朋は必死に目を閉じたまま声を噛んだ。

窓にはブラインドが下ろされ、部屋に人はいない。とはいえ、こんな場所に不似合いな自分の格好を視界に入れるのは、どうしても恥ずかしかった。

夜の事務所は静まりかえり、衣擦《きぬず》れの音と舌が肌を辿る水音、そして朋の喘ぎ声が奇妙な程大きく聞こえる。

さっきまで着ていた服は全て剥がれ、床に落とされている。かろうじて、腕から袖を抜かないままのシャツが肩から落ちてひっかかり、朋と成瀬の身体の間でわだかまっていた。

成瀬に背中から抱えられて立っているため、目を開けば自分の姿が否応なく見えてしまう。見ないようにするには目を瞑っているしかなく、結局、先程成瀬が言った通りになってしまっていた。

「ん、く……」

くちゅりと、成瀬の手元で濡れた音がする。その手には、既に自分の零した先走りで濡れた朋のものが握られている。的確に感じる場所を擦り上げられ、あれからさほど時間も経っていないのに、あと少しで限界を迎えようとしていた。
「んっ……」
腰から下はほとんど力が抜けており、成瀬に背中を預けて支えられている状態となってい
る。ほとんど服を脱がされてしまった朋に比べ、成瀬はネクタイを外しただけ。素肌に当た
るシャツの感触がよそよそしく、存在を求めるようにぎゅっと成瀬の二の腕辺りを掴んだ。
後ろ頭を成瀬の肩に預け、喉を反らす。首筋に鼻先を寄せ、くんと匂いを嗅《か》いだ。
慣れた煙草と成瀬の匂いに、快感に支配されながらもほっとする。正面から顔を見られな
い分、他の部分で確かめなければどうにも落ち着かなかった。
なぜか、今日の成瀬は朋を正面から抱きしめてくれないのだ。ほとんど振り向かせず、そ
のためキスをしたのも最初の時だけだった。
どうしてだろう。そう思うものの、成瀬がそうしたければそれでもいいかと思う。明るい
この部屋で正面から顔を見られるよりは、この方がよかったというのもある。
(でも、寂しい)
ただ全身を温もりに包まれてはいても、やはり、どこか冷たかった。
「何考えてる?」
「ああっ……なにも……なっ」
突然中心を強く握られ、思わぬ刺激に身体が仰け反る。我知らず身体を後ろに引こうとす
るが、逆に、腰を成瀬のものに擦りつける結果となってしまい声を上げた。

「あ、や……あっ」

そのまま背後から腰を押しつけられ、前を扱かれる。布越しに固いものが当たる感覚が、曖昧《あいまい》な分もどかしかった。

首筋に唇が押し当てられる。そこが舌で舐められるのと同時に、胸の先を抓まれた。

「あ……——っ！」

刺激に身体が反った瞬間、強く前を扱かれ一気に頂点へと押し上げられる。放ったものを成瀬の掌に受け止められ、腰を震わせた。

強張っていた身体が、一気に弛緩《しかん》する。脚に力が入らず、ずり落ちて座り込みそうになるのを、成瀬の腕が支えてくれた。その力強さに安堵し背中を深く預ける。

ふっと息をつき、縋るように掴んでいた成瀬の腕から手を離す。思い切り握っていたため皺になってしまったかもしれない。ぼんやりとそんなことを考えつつ、息を整え始める。

「え？」

だが唐突に、くるりと景色が回り、今まで成瀬が腰を預けていた執務机が正面に来た。抱えられたまま前後が反転したのだと、そう気づいた時には上半身だけ前に倒され、机に肘をついていた。

「え、あ……っ」

成瀬に向かって尻を突き出すような格好に羞恥を覚えるより先、ぬるりと後ろに濡れた感触が広がり息を詰めた。先程朋が放ったものが、尻の合間に塗りつけられている。ゆるゆると表面を濡らした指先が、徐々に中に埋め込まれていくのが判った。

「朋」

「んっ……や、ぁっ」

囁きながら、背中に口づけが落とされる。ちゅっと小さな音を立て、背筋を辿るように降りていく。時に吸われ、歯を立てられ。微かな痛みをもたらすそれに、朋自身には見えないが、白い布に桜の花が散るかのように紅い跡が残されていった。

いつもはもう少しゆっくり進めてくれるのに、今日はどんどん先へと行ってしまう。乱暴なわけではなく、丁寧ではあるのだが性急さが拭えない。愛撫に声を上げながら、未だに残っている冷静な部分でそう思う。身体だけが先に追い立てられ、心が少しだけ追いついていない。そんないつもと違う状態に、違和感と微かな不安を覚えた。

（なんだか……――）

今の成瀬は、朋自身を求めているというよりも、心の内から吐き出せない衝動を朋の身体を求めることで落ち着けようとしている。そんな印象だった。

もちろん、だからといってやめて欲しいとは思わない。むしろ、それで成瀬の中の何かを満たせるのであれば、どんなことをされても構わなかった。成瀬が、本当に朋の心を傷つけるようなことはしないと、信頼しているからこそ。

濡れた指が、入口を解すように動かされる。内側の襞《ひだ》を擦り、広げ、そして奥へと進む。身体の力を抜いて指を受け入れていくうちに、少しずつ後ろが綻んでいった。

「……悪い」

「え？　……――ああ、あっ」

耳元で声が聞こえたと思った瞬間、指が引き抜かれ背後で衣擦れの音がする。直後、熱く固い成瀬のものが後ろに押しつけられた。

「や、まだ、……あ、うっ」

ぐ、と先が押し込まれる。まだ完全には解されていない蕾は、押し込まれたものを強く締めつけてしまう。いつも以上の圧迫感に、思わず息を止める。

「痛……んっ」

どうにか身体から力を抜こうとするが、痛みで上手くいかない。机に爪を立てて息を吐き出していると、朋の前に成瀬の指がかけられた。萎《な》えてしまっていたものにゆるゆると刺激を与えられ、徐々に痛みよりも快感の方が増してくる。

再び朋のものが勃ちあがった頃、扱く手に合わせて後ろに埋め込まれていったものが最奥に達した。短く息を吐き、全てを受け入れられたことにほっとする。

「朋……」

「ん、あ……ああっ」

朋の背中に覆い被さるように上半身を倒した成瀬が、奥に突き入れたまま腰を揺らし始める。感じる場所に先端を押し当て、ぐるりと内壁を全体で擦られれば、強すぎる刺激にたまらず声が上がった。反射的に前に逃げようにも机に阻まれて動けず、その上、成瀬に引き寄せるように抱きしめられてしまう。やがてぐいぐいと押しつけられる成瀬の腰に合わせて、感じる部分を探すように朋の腰も揺れていた。

「朋……」

「あ、秋貴さ、秋貴さん……っ」

ぎゅっと、何かを訴えるように成瀬に強く抱き竦められる。痛い程の力に、朋は抱き返せない代わりに、成瀬の名を呼んだ。首筋に歯を立てられ、軽い刺激に後ろが締まる。

「く……っ」

衝動を堪えるような成瀬の声が、耳に吹き込まれる。ぞくりと背筋に快感が走り、連動するように成瀬のものを包んでいた内壁が蠢《うごめ》いた。

「あ、ん……っ」

机に縋る朋の身体から腕を離した成瀬が、上半身を起こす。何が起こったのか理解する前に、朋の腰が掴まれ中のものがずるりと引き抜かれていく。出て行ってしまう、と思った直後、閉じかけた内壁を押し開くように一気に突き込まれた。

「……――っ！」

まるで衝動に突き動かされるように、激しく成瀬のものが出入りする。腰を掴む指が、皮膚に食い込み小さな痛みをもたらす。だがそれも、すぐに快感に押し流されていった。

「あ、あ……秋、秋貴さん」

「朋、朋」

何度も名を呼ばれ、その度に名を呼び返す。それはまるで、朋の存在を確かめる成瀬に答えているようで。抱かれているはずなのに、どうしてか、成瀬を抱きしめているような気がした。

「ぁ駄目、そこ……あああ……——っ！」

先端ぎりぎりまで抜かれたものが、内壁を擦りながら一気に奥まで押し込まれる。その瞬間、朋の前から堪えていたものが溢れ出た。衝撃で後ろを締めつければ、腰を掴んでいた手に一層力が籠もる。

膨《ふく》らんだ、と思った直後、身体の内側が濡らされる。達した衝撃も去らぬうちに成瀬の放ったものをかけられ、腰の震えが止まらない。だが収縮する朋の内部で、更に成瀬のものがずるりと動く。

「え？　あ、や、駄目、まだ……っ」

そうして震える息の下、再び動き出した成瀬に、朋は濡れた身体を幾度も貪られ続けた。

「はい、判りました。明後日の午前中ですね。成瀬に確認して、折り返させて頂きます。いいえ、ご連絡ありがとうございました。失礼します」

カチャリと電話を切り、手元で走り書きしたメモを綺麗に書き写す。電話の相手は、半年程前から成瀬が担当している依頼人で、今日の打ち合わせ予定を明後日かそれ以降にして欲しいという連絡だった。タイミングよく外回りから戻ってきた榛名から、届いていた郵便物を受け取り、成瀬の執務室へ向かう。

「失礼します」

「いえ、それで十分です……はい。すみません……いえ、こちらこそ失礼しました。ありがとうございます」

軽くノックして扉を開けば、ちらりと朋を見た成瀬が、携帯電話で話していた相手との通話を終わらせた。携帯を執務机の上に置き「どうした？」と声をかけてくる。仕事中にのみかけている眼鏡を通して向けられる成瀬の視線に、朋はタイミングが悪かったかと頭を下げた。

「お話し中にすみません」

「いや。もう切る所だったから気にするな」

机の前まで行き、メモと郵便物を渡す。受け取った成瀬は、一通ずつ郵便物の差出人に目を通すと、書類の積み上がった机の上にぽんと放っていく。あれで忘れてしまわないのか。余計な心配だとは思ったが、つい視線が郵便物を追ってしまう。

ふと、積まれた書類の向こう、ファイルの下に大きめの茶封筒が下敷きになっているのが目につく。

（あれ？）

はみ出た部分から、封筒の社名印字が見えている。その文字を認識した途端、ぱさりと成瀬が最後の郵便物を置く音がした。はっとし、素知らぬ振りで成瀬の方を見る。あっても不思議はないものなのに、なぜか見てはいけないものを見てしまった気分だった。

(成瀬、法律事務所……?)

最初の二文字までしか見えなかったが、恐らくそうだろう。

「急ぎはなさそうか。悪いが、そっちの分と一緒に、封開けて返事が必要そうなのだけ分けておいてくれ」

指された場所には、今置いた郵便物と、その隣にここ数日分の郵便物が積まれている。判りましたとそれらを集め、メモに目を通し始めた成瀬に声をかける。

「井上《いのうえ》様、今日お子さんが急に熱を出されてしまったそうです。変更は、出来れば明後日かそれ以降にと」

「判った。後で電話しておく」

郵便物を綺麗に揃え、じゃあ、と前を向く。すると、じっとこちらを見つめる成瀬と目が合った。どこか物言いたげな、けれど言う気はないのだろう物憂げな気配に、気づかぬ振りで首を傾けてみせる。

「先生」

「ん?」

「何かありますか?」

「ああ、朋がいるな」

なんですかそれ、と曖昧に笑い、まただと思う。

ここ最近、成瀬はこういう顔をすることが多い。朋といる時も、一人でいる時も。何か気になることがあるのか、ぼんやりしていることも少なくない。そのくせ、朋がやんわり聞こうとするとごまかしてしまうのだ。

多分、正確には、朋をこの執務室で抱いたあの日から。

不意にこの間の情景が蘇り、かっと頬が熱くなる。慌てて、顔を隠すように俯いた。

「なぁに思い出してる」

朋の顔色で、何を思い出したのか悟ったのだろう。薄い笑みを見せた成瀬を、赤くなったまま睨む。いつもより覇気はないが、少しだけでも笑みが見られたことにほっとする。

「なんでもありません」

言えば更に恥ずかしい思いをするだけなので、知らない振りでごまかす。

『大丈夫か？　悪い、無理させたな』

あの日の夜、終わった後、成瀬はすまなそうな声でそう言った。

ぐったりとソファに横になった朋は、どうにか自力で動けはしたものの足下が覚束《おぼつか》ない状態で。すぐに連れて帰ろうとした成瀬に、少し事務所で休ませて欲しいと頼み時間を置かせて貰った。さすがに、あんなことをした直後に佳織に会う勇気はなかったからだ。

ソファに横になって、残りの仕事を片付ける成瀬を待ち。結局帰り着いたのは、日が変わった頃だった。途中で遅くなると連絡を入れていたためか、帰り着いた頃、佳織は既に部屋へと入っていた。よれた状態を見られることもなく、朋は、ほっと胸を撫で下ろしたのだ。

「なあ、朋」

「はい」

「……——いや、なんでもない」

すっと朋から視線を逸らし、パソコンのキーボードを叩き始める。話は終わったという態度に釈然《しゃくぜん》としないものが残ったまま、失礼しますと部屋を後にした。

一体何があったのだろうか。成瀬のあんな様子は珍しく、それだけに不安が募る。

母親のこと、椋木のこと、佳織のこと——成瀬のこと。

後から後から増えてくる心配事に、朋は、早く全部片付きますようにと心の底から祈ることしか出来なかった。

土産持って帰るから、留守番頼む。

翌日、成瀬が事務所の執務室で唐突にそう告げた。なんの話かと思えば、今日の午後から数日間遠出をするため留守にするとのことだった。

「出張ですか?」

「いや、休暇だな。私用で何日か北海道に行ってくる」

「北海道……」

突然の話に茫然としていれば、悪いなと申し訳なさそうな顔で謝られてしまう。佳織がおり、なおかつ不審な荷物が届いているこの状況で、自分が長期間留守にすることを気にしているのだろう。

だが朋は、そのこと自体より、むしろ何も知らされていなかったことの方にショックを受けていた。出張ではなく休暇で。その上、それ程の遠出となるなら、昨日今日決まったことではないだろう。なのに、出発するぎりぎりまで教えて貰えなかった。何をしに行くのか、それさえも。

もちろん成瀬が、自分の行動を逐一《ちくいち》朋に報告しなければならないわけではない。朋には言えない用事もあるだろう。けれど、理不尽だと判っていても、一緒に住んでいるこの状況で何も教えて貰えなかったのが悲しかった。

「判りました。あの、お土産はいいので気をつけて下さいね」

だが、そんな心の内は見えないように仕舞い込む。言わないということは、聞いたら困らせてしまうということだ。ならば何も聞かずせめて気持ちよく送りだそう。そう思い、それでも一抹の寂しさを隠しきれないまま微笑んだ。

そんな朋を、成瀬がじっと目を細めて見ている。その瞳に、鋭さと、あともう一つ、見慣れた色があるのは気のせいか。

昔、周囲の大人が朋を見て浮かべた、痛ましいという……――。

「朋――いや、帰ってからにするか」

言いかけたそれを、成瀬が飲み込む。お互い手を伸ばせば触れられる距離にいるのに、どうしても届かない壁があるようで。漠然とした不安に、そっと目を伏せる。

「あ、あの。そういえば、先生がいらっしゃらないのなら、俺は家に戻った方がいいですよね？　直はさすがに危なくて預かれませんし。石川さん、二人だけじゃ気にされるんじゃないでしょうか」

「いや、うちにいてくれ。あれの犯人がはっきりしない以上、一人にはさせたくない。あいつには俺から話しておく。相手がお前なら、嫌がりはしねぇだろ」

「あ……はい」

この状況下で、相手の標的である可能性が最も高い佳織のことを心配しないわけがない。当然だと理性では判断出来るのに、感情が納得してくれない。どうしてそこまで、とそんなことを思ってしまう自分にますます落ち込んでしまう。

多分相手が佳織でなければ、こんな風には思わなかっただろう。成瀬が、実は人に対する情が深いことは知っている。だからこそ、朋も助けてくれたのだから。なのに、過去の相手というだけで許せなくなる。相手を気遣う成瀬より、自分の心の狭さが許せなかった。

こんな気持ち、成瀬には絶対に知られたくない。押し黙る様子を成瀬からじっと見られているとも知らず、朋は小さく唇を噛んだ。

沈黙が流れ、やがて成瀬の細い吐息が部屋に響いた。

「行ってくる」

ぽんといつものように頭に手を乗せられる。だが、その優しく温かい掌の感触が、どうしてか今は朋を安心させてはくれなかった。


成瀬が不在になってから、五日が過ぎた。

日に日に重くなる気分に背を丸め、夜道をとぼとぼと歩く。季節は完全に冬の気配に移り変わり、日が落ちるのもすっかり早くなっている。寒さと憂鬱さに身を縮め、先日——成瀬が出発した日の佳織とのやりとりを思い出した。

『ああ、多分、ご実家のお仕事の手伝いだと思うわ。そんなことを言っていたもの』

『え?』

『言っていらしたのは、あの人のお母様の方だけど。成瀬に、何しに行くのって聞いたら大事な用があるって言っていたから多分そうじゃないかしら。今、あちらの仕事も手伝っているみたいだから、きっと何かあったのね』

あの日の夜、成瀬のマンションで佳織と二人で食卓を囲んでいた時のことだ。成瀬の突然の北海道行きについての話になった時、佳織が訳知り顔でそう言った。予想外のことで、朋は驚愕に箸を止めてしまった。

『あ。そうなんです、か？』

『詳しいことは私も知らないわ。櫻井君も聞いてなかったのね。家主なんだから、下宿している相手にはちゃんと予定を言っていけばいいのに。ねぇ？』

『あ、いえ。そんな……先生にも、色々あるでしょうし』

朋に同情し、成瀬の怠慢《たいまん》を責めるような台詞。だがそこに、少しだけ突き放すような響きを感じ取りそれ以上は聞けなかった。

自分だけが何も知らされていなかった。愕然とした気分でそう思う。木佐は多分知っている。成瀬が出かけてから普段通りに仕事を頼まれたが、朋の元気のなさに、すぐに帰ってくるよと慰めるように言われた。

そして、佳織もちゃんとではないが知っている。

「言う必要がなかっただけだろうし」

木佐には、休暇を取る以上きちんと理由を話す必要があるから話したのだろう。そうでなくとも、木佐は成瀬の長年の友人だ。相談もしているだろうし、話していたとしても不思議はない。

佳織は、本人に聞いたわけではなく、成瀬の母親から聞いたことからの推測だ。ならば、成瀬本人の口から聞いていないのは朋だけではないということになる。なんの用事か朋自身が聞かなかったのだから、教えられていないのもある意味当然と言えた。

だから、気にすることはない。

ここ数日、何度も自分に言い聞かせてきた言葉をもう一度繰り返す。そう思わなければ、すぐにでも成瀬に電話して問い詰めてしまいそうだった。

成瀬のかつての恋人達は、手のかからない人達ばかりだったという。ならば、そんなことをいちいちやっていては、いつか面倒がられてしまうだろう。

「あー、もう。考えるな」

気がつけば、うじうじと考え込んでしまう。もっと成瀬を信じて泰然《たいぜん》としていられればいいのに。嫌われてしまわないか、飽きられてしまわないか、面倒がられてしまわないか。そんなことばかりを考えて、身動きがとれなくなってしまう。

マンションに着き、郵便受けを覗く。がらんとした空間には何も入っておらず、ほっとする。もし不審な物が入っていたら、木佐に連絡しろと言われている。今までもドレスが入っていただけで危害を加えられたことはないが、成瀬の不在時はやはり何事もなくすぎて欲しかった。

(よかった、明日には先生も帰ってくるだろうし)

成瀬からは、二日前に連絡があった。帰りの飛行機で、早い便が取れればもう少し早くなるかもしれないとは言っていたが、音沙汰がないから明日になるのだろう。

「さて……——っ!」

郵便受けを閉め、エレベーターに向かおうとした刹那《せつな》、いきなりぐいと肩を掴まれた。後ろに引かれ、咄嗟のことに声もなく身体ごと振り返る。郵便受けに背中が当たり、静かなエントランスにガシャンと音が響いた。

そして、そこにいた人の姿に、え、と目を瞠る。

「椋木さん!?　どうして、ここに」

目の前に立っていたのは、椋木だった。いつもの眼鏡にニット帽を被り、朋を睨みつけている。姿だけ見れば爽やかで洒落た雰囲気なのに、表情が格好とは不似合いな程険悪だった。目元が尖っているせいか、どこかやつれたようにも見える。

なぜ、ここに椋木がいるのか。混乱と底知れぬ恐怖で、じり、と後退ろうとする。だが背後の郵便受けに背中を押しつけるだけで、それ以上は退けなかった。

「なあ、どうしてだ？」

「え？」

ぼそりと低い声で問われ、反射的に聞き返す。と、突然両肩を掴まれ、ガシャンと郵便受けに叩きつけられた。背中の痛みに顔をしかめる。

「どうしてお前は、一度も月花の所に行かない？　連絡を取っている様子もないじゃないか。どうしてだ？　あんな目にあった母親だろう？　こんな所で女にうつつを抜かしてる暇があったら、母親の所に行けよ」

「……――」

椋木から叩きつけられた言葉に、ざわりと背中が総毛立った。

まさか、朋が月花の下に行くのを、見張って待っていたとでも言うのだろうか。しかも一度も行っていない、と言うからには、少なくとも数回はここで朋の姿を見ているということだ。いつから。そう思い、ふと、佳織が誰かに見られているような気がすると言っていたのを思い出した。

（ならば、あれは……――）

佳織や朋がなんとなく感じていた人の気配は、椋木だったのか。だが、どうして。

「ど、して……ここ」

「ん？　鍵を忘れた振りをして、住人に開けて貰ったんだよ。人の好さそうなばあ様だったから、さほど怪しまずに開けてくれたな」

朋の途切れがちな言葉を、どうしてここまで入れたのか、という意味だと思ったらしい椋木がおかしげに語る。このマンションは、入口がオートロックになっているため、住人が開けなければ中に入れない。そうやって入り込み、ここからは死角になる柱の陰で、朋が帰るのを待っていたのか。見張られていたのなら、おおよそ帰る時間の見当はついていたのだろう。

「なあ、月花はどこにいる？　今、どこで何をしているんだ？」

額がつく程に顔を近づけられ、睨みつけられる。視線を逸らせず、真っ直ぐに見返しこの間と同じ言葉を返す。

「俺は、知りません。何も」

「まだそうやって否定するのか!?」

激高《げっこう》し、肩に指が食い込む程に強く掴まれる。椋木が意味を取り違えているのは判っていたが、それを正す気はなかった。

何度聞いても無駄だと。そう言おうとした時、横合いから入口の鍵が開く微かな機械音がした。誰かが入ってきた。そう認識した途端、聞き知った声が響く。

「櫻井君？」

訝しげな声は、佳織のものだ。せめて見知らぬ人だったらよかったのに。ますます悪くなる状況に歯噛みする。

ともかく、この場から椋木を引き離さなければ。そう思い、肩を掴む椋木の手を外そうとした、その時。

「なんだ、知り合いか？　残念、じゃあ今日はこれで帰るかな」

突如、椋木の口調ががらりと変わった。さっきまでの恫喝《どうかつ》じみた気配を跡形もなく消し去り、甘さを感じさせる優しい声でそう告げる。口元に親しげな笑みを浮かべたその豹変《ひょうへん》ぶりに、薄気味悪くなった。

朋の肩を掴んだままの椋木が、すっと耳元に顔を寄せてくる。

「お互い、余計なことは言わない方が身のためだ。月花のことを、吹聴されたくはないだろう？　俺は諦めないからな。また来る」

朋にだけ聞こえるくらいの小さな声で、椋木が耳打ちをする。その声は、なぜか楽しげで。すっと肩から手を外され、佳織に会釈をして立ち去っていく椋木を黙って見送った。震えそうになる膝を、必死に堪えて立つ。

諦めてくれたと思ったのに。あの日の様子は、決して作り物ではなかったと思うのに。今の椋木を見てしまえば、自分の見る目のなさを痛感するしかない。

どうしてあれ程、月花に固執するのか。しかも今頃になって。

朋という、月花に続く手がかりを見つけてしまった。だから、探し求めてしまうのだろうか。けれど、そうまでさせる何が、女優である月花にあったというのか。

「櫻井君？」

「あ……すみません。なんでもないです」

声をかけられ、椋木が去った方向をじっと見てしまっていたことに気づく。戻ってくるかもしれないという恐怖心から、目が離せなくなってしまっていた。だが、そんな気持ちは黙ったまま自分の中に押し込める。

「部屋に戻りましょう。ちょっと、貴方に話したいことがあるの」

そう言って踵を返した佳織の固い表情に、不穏なものを感じる。だが帰らないわけにはいかず、朋は、躊躇いなく歩いていく佳織の後を胸騒ぎとともに追いかけた。

「単刀直入に聞くわ。櫻井君、貴方、成瀬と付き合っているの？」

「っ!?」

成瀬の部屋に戻り、リビングに入って早々投げつけられた言葉。突然のことに反応出来ずにいれば、ソファに荷物を置いた佳織がどうなのと重ねて問いかけてくる。

問いかけ、というよりはほぼ確信しているようなそれ。なぜ気づかれたのか。焦った頭で原因を考えようとするが、すぐにそんな場合じゃないと思い直す。成瀬の立場を考えれば、迂闊なことは言えない。どれ程わざとらしくても、白を切り通すしかなかった。

「違……」

「違うって言われても信じられないわ。ドレスが最初に送られてきた日、悪いとは思ったけど成瀬が起きているか寝室に見に行ったの。二人が一緒に寝ているのは、私が来たせいだけど。普通、ただの家主と下宿人なら、あんな風に抱き合って眠らないでしょう？」

「……——っ」

そんな所を見られていたのか。それ以上言い逃れも出来ずに、そっと目を逸らす。その態度を肯定と受け取ったのか、佳織が一層眉を顰めた。

「貴方、男の人しか駄目なの？」

「え？」

思わぬ言葉に佳織を見れば、その表情には朋に対する嫌悪がはっきりと表れていた。

「だってさっきの人、だいぶ前に事務所の近くで貴方と会った時あそこにいたでしょう。あの時少し離れた場所で、あの人、櫻井君のことをじっと見ていたの。だから知り合いなのか気になって、覚えていたのよ」

以前、椋木と喫茶店で話し逃げ出した後、成瀬と佳織に偶然出くわした時のことを言っているのだろう。やはりあの時、椋木はこちらに近づいてはこなかったが成瀬達とのやりとりを見ていたのだ。そしてそんな佳織の台詞で、あることに気づく。

（もしかして）

佳織は、朋が成瀬に隠れて椋木に会っていると思っているのだろうか。成瀬と付き合っているのに、その恋人がいない間に——もしくは先日のように成瀬の目を盗んで——他の男と会っていると。

誤解だ。そう言おうとして、言えないことに気づく。それを説明するには、成瀬と付き合っていることを認めなければならず。また椋木のことを説明しようとすれば、母親のことに話が及ぶ。どちらにせよ言い訳の出来ない状況だった。

そんな朋の態度に何を思ったのか、佳織がきっと睨みつけてくる。

「どうして黙ってるの？　後ろめたいことがないのなら、ちゃんと口で言いなさいよ。誰にだって言えるでしょう？」

「……——」

「ねえ、櫻井君——そうやって、肯定も否定もしないっていうことは、自分でおおっぴらに出来ないことだって判っているのよね？　それはそうよね、男同士でそんな……」

続きを飲み込み、両手で自身の肘を抱く。言いかけたそれを拒絶するように、口元を歪めて押し黙る。成瀬が男と付き合っていることを認めたくない。そんな表情だった。

「秋貴は、普通のはずよね。私とも付き合っていたんだし、ずっと相手は女だったはずだもの。ねえ、櫻井君。もし貴方が男しか駄目っていうなら、お願いだから秋貴は巻き込まないで欲しいの。もう少し、同じような人が探せば他にもいるでしょう？」

他にもいる。その言葉に、苦い笑いがこみ上げた。男がいいわけではないし、誰でもいいわけでもない。成瀬だけが傍にいると言ってくれた……いや、成瀬しか、それをしてはくれなかったから。

成瀬の手を離せば、きっとまた自分は一人になってしまう。そして多分、どうやっても成瀬以上の人など見つからない。あの人だからこそ、自分はあの手を離したくなくて必死なのだ。

「ねえ、ちょっとはなんとか言ったらどうなのよ。人の話、聞いているの!?」

無言を貫《つらぬ》く朋に、佳織が次第に苛立ちを露にし始める。聞いてはいるが、答えられないのだ。違う、そうじゃないとも言えない。

それに、どうやっても佳織の望む答えは返せない。成瀬のことを心配するが故の行動なら尚更。朋が成瀬の手を離せない以上、答えても平行線になってしまうだけだ。

「男同士だって、堂々と胸を張れるのなら、私だって何も言わないわ。でも違うじゃない！親にも周囲にも言えない、そんな関係にあの人を引き摺り込まないで！」

成瀬が好きだという気持ちだけなら、幾らでも胸を張れる。だがそうした所で、満足するのは自分だけだ。それでまたあの人の手を離さなければならなくなるなら、誰に言わなくともよかった。それに少なくとも、知っていて認めてくれる人達もいる。

「貴方、そうやって黙っているけどあの人の立場を考えたことがあるの？　弁護士よ？　一度悪い評判がつけば、あっという間に広がるわ。そんな弁護士に、一体誰が頼もうと思うのよ。本当に好きなら、それを一番に考えるべきじゃないの!?」

ぐっと、反論しそうになった言葉を飲み込む。

それを、考えなかったわけがない。だが成瀬の言葉に甘えて、そこに目を塞いできたことは事実だ。自分の存在が、成瀬の害になる。それは、言われるまでもなく朋の弱点でもあった。

（でも、だけど……）

大丈夫だと、傍にいるからと。そう言ってくれた成瀬の気持ちを信じたかった。

「さっきの人だって貴方に気があるんじゃないの？　なら、あの人でいいじゃない！　どうして、よりにもよって秋貴なのよ！」

佳織の叫びが、感情的なものへと変わっていく。椋木については、完全に誤解しているようだった。それには違うと言いたかったが、言えないことがもどかしい。

人の怒鳴り声は、やはり苦手だった。こみ上げてくる不安感を抑え込むように、奥歯を噛みしめる。堪えきれない恐怖から、どきどきと鼓動が速くなっていく。

けれど同時に、僅かな違和感も覚えていた。一方的に朋を責める言葉は、今まで数えきれない程聞いてきたものだ。だが佳織の言葉は、こちらを睨みつけてはいてもどこか違う。激しい憎悪、というには足りない。その瞳に見えるのは、怒りと困惑と嫌悪と……今にも泣き出しそうな、色。

なぜだろう。それに気がついてから、責められることに怒りを感じるよりも、悲しさの方が強くなる。そして次々と投げつけられる佳織の言葉は、朋の存在を否定するものというよりは成瀬の身を案じるもので。だからこそ朋はこうやって、冷静な部分を残したまま聞くことが出来ている。

だがその冷静さが、却って佳織の激情に火をつけてしまったようだった。一言も発しない朋に、聞き流されていると思ったのか、更に声を高くする。

「どうしてよ！　どうして貴方はそうやって……っ!!」

そこで、はっとしたように佳織が掌で口を塞ぐ。何か、言ってはならないことを言おうとした。そんな反応だった。気まずい表情で初めて朋から目を逸らした佳織が、気を落ち着けるように大きく息を吐き、大体、と続けた。

「秋貴も秋貴よ。何を血迷ったのかは知らないけど。いい年をして、こんな年下の男の子なんかに……。あそこに転職する前は、あんな人じゃなかったわ。やっぱり、あんなに早くからおじ様の事務所を出るべきじゃなかったのよ」

やがて朋への非難は、成瀬への愚痴ともつかぬ言葉に変わる。その瞬間、朋は自分でも意識せぬまま口を挟んでいた。

「やめて下さい」

ぴたりと佳織の声が止まる。俯いたまま、朋はもう一度やめて下さいと繰り返す。

自分のことは、どれだけ何を言われても構わない。だが成瀬と、事務所を辞めた成瀬の選択を責める言葉は、聞きたくなかった。

八年前、朋を助けられなかったことを悔しいと思ってくれた成瀬の気持ちを、踏みにじられた気がしたのだ。

「先生は、先生なりに葛藤《かっとう》があって事務所を出たと聞いています。俺とのことは、俺が悪いんです。俺には、先生しかいないから……どうしても、離れられないから。先生は、何も悪くありません」

「……――」

初めて反論した朋に、佳織が驚いた顔をする。その表情に気まずくなり、唇を噛んだ。このままここにいても仕方がない。お互いに、少し頭を冷やした方がいい。

「――あの、俺今日は他の所に行きます。すみません。一人になりますけど、気をつけて下さい」

「え？　……――あ」

床に置いた鞄を持ち、玄関に戻る。その場に立ち尽くした佳織は、言葉を失ったように何も言わないまま朋を見送っていた。先程までの喧噪《けんそう》が嘘のように静まり返った部屋で、靴を履く音が大きく響く。

胸が痛い。こうやって正面から自分は成瀬にふさわしくないのだと指摘されても、どうしていいかと狼狽えるばかりで。木佐達にすんなりと受け入れて貰い、それに甘えていたのだと実感する。

「……――失礼します」

そしてたった一言だけを残した朋は、振り返ることなく成瀬のマンションを後にした。

数日ぶりに戻ってきた自分のアパートは、やはり成瀬のマンションとは比べるべくもない程狭かった。一階の郵便受けから取ってきた郵便物を床に置き、朋は息をついて畳の上に座り込んだ。ワンルームのアパートは、ぐるりと見回せばそれで家の中が全て見渡せる。部屋の中央にぽつんと座っている自分の姿に、なんとなくおかしくなった。

一週間に一度は仕事帰りに寄って郵便物やチラシをとり、部屋の空気を入れ換えていたため、さほど埃《ほこり》っぽい感じはしない。だがやはり、長期間人がいなかった時の独特の匂いが部屋に籠もっていた。

空気を入れ換えたいが、たいした暖房器具もなく、夜この時間に窓を開けるのはさすがにもう寒い。明日にしようと、ごろりとその場に寝転がった。

染みのついた天井を、ぼうっと見上げる。見慣れたこの部屋は、伊勢の家を出てから自分で借りたものだ。最初はもっと家賃の安い、保証人もいらない古いアパートを借りようとしていたのだが、伊勢にばれてしまい猛反対を受けた。保証人になって貰うには伊勢に相談するしかなく、出来れば一人で借りたかったのだ。

(まあ、ここでもかなりしぶしぶだったけど)

築年数はかなりのもので、階数も二階しかない。防犯面等色々と反対は受けたが、朋が譲らないのを見て諦めてくれた。そもそも、朋自身持っている物は少なく、盗まれて困るような物はほとんどない。しかも男。普通に生活出来るだけの場所があれば十分だった。

そんなことをだらだらと思い返し、自嘲する。自分で、現実逃避をしているのが判ったからだ。けれど今は、何も考えたくなかった。

(あ……——)

だが、椋木が来たことを思い出し、顔を曇らせる。佳織に責められたことで後回しにしていたが、むしろあちらの方が問題だった。どうすればいいか。対応を考えようとするが、選べる選択肢は少なかった。

(先生に、相談しようか)

ただ声を聞きたかった、というのもある。先程の佳織とのやりとりを、朋の方から成瀬に言う気はなかった。佳織の方から言わない限りは、そのままにしておくつもりだ。

(いいかな、電話しても……)

私用だとは言っていたけれど、佳織が言った通り実家の仕事であれば忙しいかもしれない。そう思い、自分から成瀬に電話をかけることは控えていた。もし成瀬が朋に隠しておきたいことがあるのなら、余計に朋からの電話は嬉しくないだろう。それも理由としてあった。

だが、椋木のことを相談するという口実があるなら、電話をしても許される気がする。自分に対する言い訳を見つけ、次第にその気になっていく。そもそも、何か不穏なことがあればすぐに連絡しろと言ったのは成瀬自身だ。

「よし」

小さな声で気合いを入れ、携帯電話を握る。しばらくの間じっと眺め、アドレス帳から成瀬の番号を呼び出す。朋の携帯に登録されている番号は、全部合わせても、それこそ片手で足りてしまう。成瀬のものは、すぐに見つかった。

発信ボタンを押し、息を呑んで待つ。だがしばしの沈黙の後、携帯の向こうで流れたのは電源が入っていないという機械的なアナウンスだった。

「……うう」

意気込んで電話しただけに、がっくりと肩が落ちてしまう。もし今成瀬の声を聞けたら、気持ちも浮上するかもしれないと思ったのに。

なんで電源入れてないんだろう。心の中で理不尽な八つ当たりをして、仕方がないと携帯をその場に放り出した。もう夜も遅い。明日事務所に行ってから、とりあえず木佐に相談してみよう。それに明日になれば、成瀬も帰ってくるはずだ。

「もう、寝ようかな」

呟いてみるものの、まだ寝るには少し早い。ふと手元を見れば、先程郵便受けから取ってきたチラシ類の中に、奇妙な白封筒が挟まっていた。眉を顰めチラシの中から引き抜くと、中を透かすように目の前に翳してみる。

リターンアドレスのない封書。だが表には、きっちりと流麗《りゅうれい》な文字で朋の名前が書かれており、怪しさは感じられない。

(誰だろう……)

胸騒ぎがした。そもそも朋には、手紙など送って寄越す知り合いなどいない。心当たりは叔父くらいのものだが、あの人はこんなに綺麗な文字を書かなかったはずだ。

だがリターンアドレスがないため、開けるのも躊躇う。もしおかしな物が入っていたら。そう思い、しばらくの間逡巡する。

「まあ、でも。大丈夫かな」

触った感じでは、薄い封筒に紙以外のものが入っている様子はない。もう一度指で封筒を押さえてみて、そっと封を開ける。

入っていたのは、紙が一枚。一筆箋を取り出し、書かれている内容を読んで目を瞠った。

「……――え」

息子の秋貴には内密にして、この番号に連絡を寄越すようにと書かれたそれ。署名には成瀬と書かれており、手紙の主が誰だか知れた。

(成瀬先生の、お父さん?)

実父石井の顧問弁護士である、成瀬の父親。一体、どういうことか。思わぬことに混乱しながら、畳の上の携帯を見る。どうしよう。どうするべきか。こればかりは、成瀬にも相談出来ない。成瀬の父親が朋になんの用があるというのだろう。

相手が相手ということもあり、朋にとって嬉しくない内容だろうということは簡単に想像がついた。下手をすれば、成瀬との関係に対する疑惑が、既に佳織経由で成瀬の父親に伝わっているという可能性もある。

喉が、渇く。これまでになく、たった一枚の紙が怖かった。

どうしよう、どうしよう……どうすれば。

けれど幾ら考えた所で、誰かが答えを与えてくれるはずもなく。ぎゅっと拳を握りしめると、携帯電話を手に取った。無視してしまえという考えがちらりと浮かぶ。だが結局、紙に書かれた番号を入力し発信ボタンに指をかけていた。

これを押せば、嫌でも話さなければならなくなる。ゆっくりと深呼吸をして、どこか自棄《やけ》気味にボタンを押した。

通話口を耳に当て、出てくれるなと単調な機械音を聞く。あと三回鳴っても出なければ、切ろう。そう思い、携帯を耳から離そうとしたその時、ぷつりと呼び出し音が途切れた。

『……――もしもし』

落ち着いた低い声。どことなく、成瀬の声と似ている気がする。あまりの緊張に声が出ず、櫻井です、の一言が言えない。あ、とか、う、とか。小さな声が漏れるのを聞き、電話の相手が怪訝な声を上げた。

『櫻井君、か？』

「……——あ。は、はい。すみません。櫻井です」

相手が見ているわけではないというのに、その場で背筋を伸ばす。嫌な緊張感に、携帯を握る手にじわりと汗が浮かんだ。

『成瀬だ。手紙を、読んでくれたようだね。不躾にすまなかった』

「い、いいえ。夜分遅くに、申し訳ありません。今、手紙を見たので」

無愛想に、儀礼的ではあるが謝罪され、首を振る。そんな朋に、成瀬は無駄話をする気はないらしく、では本題に入らせて貰おうと淡々と言った。

『君に、あの事務所を出て貰いたい……いや、この土地を離れて貰いたい』

「え？」

唐突な言葉に、瞠目する。何を言われたのかが理解出来なかった。

『君がそこにいれば、うちの愚息《ぐそく》がいつまでも君を手元に置き、君達親子の問題に関わろうとする。それは、父親として喜ばしいことではなくてね。こちらの勝手と判ってはいるが、君には自分からそこを離れて貰いたい』

やっぱり、という思いと、どうして、という思い。諦めと怒りが、同時に朋の中で渦巻く。

佳織は何も知らない。朋の事情も背景も、成瀬が朋の手をとってくれた理由も、何も。だから、何を言われても痛いとは思っても怒りは湧かなかった。けれどこの人は違う。ある意味、朋よりも、朋の状況をよく知っている人なのだ。

知っているから、そして成瀬の父親だからこその言葉だと判っている。判ってはいるが、言われたくはなかった。

「ど、して……」

『どうして？　それは、君自身が一番よく知っているだろう？　もちろん、君のせいではないし、これは完全にこちらの勝手だ。だから、それなりの手助けはさせて貰うつもりだ』

そういう問題ではない。またこの人達は、朋から一番大切な人を取り上げるのか。そう思えば、怒りにも似た感情が湧き上がってくる。

『石井氏は、まだ君の動向に関して不安が拭えないようだが。私自身は、君が今更どうこうするとは思えなくてね』

「……――」

どうして、とは聞かなかった。恐らくこの人は、朋達が、石井が提示した治療費との交換条件を承諾した意味を正しく理解しているのだろう。もちろん治療費のことも理由の一つではある。だがそれよりも、もう一つの理由の方が大きかったのだ。

『事件の話を蒸し返して真実が晒《さら》された時、世間的に一番傷つくのは君の母親だ。過去の名声も含めてね。どういう経緯であったにせよ、端から見れば不倫した上に正妻から刺されたという状況に変わりはない。世間は、決して彼女に対して同情的にはならないだろう』

淡々と告げられる事実に、反論出来ずに唇を噛む。その通りだった。母親と石井がどうやって付き合い始めたのかは、この際関係がない。母親が不倫相手という立場にいた。その一点だけで、月花という女優の全ては世間から非難される。

これまで母親が築き上げてきたものなど、一瞬で吹き飛ばされてしまう。そして後に残るものは月花という女優の名ではなく、不倫した挙句《あげく》刺された女というレッテルだけだ。

下手をすれば、その後の時間全てが壊されてしまいかねない。意識が戻るか戻らないかも判らない中で、せめて母親が築き上げたものだけでも守りたかった。

個人の名が大きく知られているだけに、世間は残酷でもある。少なくとも事件では被害者であるはずの母親が、いつの間にか加害者のごとく責められる。そんな光景は、容易に想像出来た。石井の妻は精神的に不安定になり、裁判になっても責任能力がないと見なされる可能性が高かった。そうなれば、結局後々まで傷つくのは母親だけなのだ。

当時の、幼かった朋がそれだけのことを考えていたわけではない。ただ年を経て、どうしてあの叔父がすんなり治療費だけで引き下がったのか、朋なりに考えて出した結論だ。

だがどんなに言葉を飾ろうとも、結局は母親のために真実を貫こうとするだけの勇気が朋達になかった。それだけのことだ。

『彼女の名誉のためにも、騒ぎ立てるような軽率な真似はしないという判断が、君には出来ていると私は思っている……――だからこれは、君のためでもあるんだ』

「え?」

最後の言葉に驚き、声を上げる。一体何が、朋のためだというのか。

『母上の所か、そうではなくても、君の問題を知らない土地に行った方が、君自身もう一度やり直せるだろう。もう君も成人している。好きなことをやろうと思えば、やれる年にもなった。いつまでもしがみつく程、ここは君にとっていい場所ではなかろう』

「……——」

淡々とした言葉に、戸惑いが芽生える。どういうことだ。成瀬の下から離れて欲しいという意図は、判る。だが、責めるのではなく朋自身のためと言われてしまえば、怒ることも出来ない。

卑怯《ひきょう》だ。そうやって、逃げ道を塞いで、そして。

（え……——？）

そういえば、今何か母親のことについて触れなかったか。慌てて携帯を持ち直す。

「あの、母親の所って……あの人のこと、何かご存じなんですか？」

『なんだ、聞いていないのか？』

怪訝な声を出され、はいと頷く。誰から、とは聞くまでもない。成瀬からだろう。

（どういうこと？　先生は、知っていた？）

いつから、何を。不安に駆られ、電話の相手に問いかける。

「母は、今どこに。どうしているんですか？」

意気込んで問いかければ、電話の向こうで僅かな沈黙が流れる。そして、溜息。

『まあ、いずれ耳に入ることだろう。君の母親は、今北海道にいる。身体に不自由はあるが、元気にすごしているそうだ』

「……――え？」

冷静に告げられた信じられない言葉に、衝撃を受ける。北海道という土地。そして、何よりその後の――。

「元気に、って。あの。母は、眠っているんじゃ……」

『いや、目覚めておられるよ。まあ、詳しいことは愚息から聞いてくれ』

そして、申し訳ないがあまり時間がなくてね、と一方的に告げられる。返事も出来ずに茫然としていれば、一瞬躊躇うような気配とともに、溜息混じりの声が携帯の向こうから聞こえてきた。それを境に、淡々とした声に少しだけ感情が混じった、そんな感覚を覚える。

『悪いが、私も人の親でね。息子が君に入れ込みすぎて、道を踏み外そうとしているのを、黙って見ていることは出来ない』

その上で、朋と成瀬が一緒にいることは、百害あって一利もないと断じられる。

「そんなこと、は……」

ない、と言い切ることは出来なかった。自分が成瀬にとって、害をもたらすことはあっても利益になることなどない存在だということは、さすがに自覚している。

『ないとは言えないだろう？　君の境遇は、十分同情に値するものだとは思う。だが、そんな不幸を背負っているのは君だけではない。むしろ差し伸べられた手があった分、まだ幸せだったと思うがね。その手に縋り続けるか、自分で立とうとするかは、君の問題だ』

「……――っ」

自分の弱さを真っ向から指摘され、かっと腹の奥が熱くなる。携帯を落とさないよう微かに震える手に力を込めた。

『君の父親は、大人しくしてくれている方がありがたかっただろうから、それが悪いとは言わない。あの時以降、君や叔父上の動向に注意していたのも確かだ。事件当時幼かった君の方が、どういった行動に出るか未知数だった分、石井氏の危惧も強かったからね。だが、それを理由に安全な場所に留まり続けたのは君自身だ……そして今度は、あれに守って貰うのか？』

いつまでそうやって、人の手に縋り続けるのだと。言外で、そう責められているのは感じ取れた。自分自身、強くなりたいと——自分の力で立ちたいと思っているだけに、成瀬の父親の言葉は朋の傷を抉《えぐ》るものだった。そうなりたい、と思っていても結果を出せていない以上、絵空事と同じだ。

『……——君さえ、いなければ』

「……——っ!!」

短い沈黙の後、静かに落とされた低い声に息を呑む。それは、朋にとって最も聞きたくない言葉だった。かたかたと、手の震えがひどくなる。

『そう言わせる相手を、また増やそうとしているんだ、君は。今度は、他でもない君自身の手で、君自身に対してそう訴える相手を』

「違うっ……！　成瀬……先生、は……」

もはや、何が言いたいのか自分でも判らなかった。成瀬は、傍にいると言ってくれた。そんなことをこの人に言ってどうなるのか。混乱する感情を持て余し、朋は不意に感じた息苦しさに、息を詰めていたことに気づいた。

『事件当時、あれは君達親子に同情し憤っていた。今君にかまけているのは、あの頃の罪悪感を埋めるためだろう。ただの自己満足でしかない』

成瀬の朋に対する感情をそう評し、それ以上の発展はないのだと断ずる。

『君が、この土地に留まり続ける限り、不幸になる人間がいる……うちの愚息を含めてね』

「……そ……ん、な」

どうして、こうなってしまうのか。ぎりぎりと携帯を持つ指に力が入り、微かに軋む音が聞こえてくる。いつも誰かを不幸にすると。そう言われ続けてきた。やっと出口が見えて、希望が見えてきたというのに……。

(お前さえいなければ……――っ!)

過去の亡霊が追ってくるように、脳裏に怒声が蘇る。聞きたくない、そう思っていても、やはり自分は疫病神《やくびょうがみ》なのだと失望する心を止められなかった。

ふと気がつくと、成瀬の父親は既に口を閉ざしていた。耳元で痛い程の沈黙が流れる。そのまま黙っていれば、再び感情の見えない声が聞こえてきた。

『それに、あれもそろそろ身を固めて自分の家庭を持っていい年だ。丁度いい縁談もある』

家庭……家族。その言葉に追い打ちをかけられたように胸が軋む。それだけは、どうしても朋には渡せない。一人の男として、奥さんがいて子供がいる。そんな当たり前の家庭を持ちたいと言われれば朋に出来ることはない。

成瀬は朋に、居場所をくれた。だが逆に言えばそれは、朋が成瀬のそんな未来を奪ってしまったことになるのだ。

佳織も、成瀬の父親も。朋がいれば成瀬に傷がつくという。ならば、やはり朋は人を不幸にする存在でしかないのか。

成瀬によって癒され始めていた傷が、徐々に開いていきそうになる。自分を責めれば、長年開いていたそれが広がるのは簡単だった。

『もう少ししたら、あちらの事務所を辞めてうちに戻る予定になってもいる。だから、君もそろそろ自分のことは自分で決めなさい』

「……――」

用件は済んだとばかりに話を収束に向ける声に、既に言い返す気力もなかった。何も答えない朋を気遣うこともなく、事務的な響きに戻った声が、言いたいことは言ったとばかりに話を終わらせる。

『決心がついたら、この電話番号に連絡をしなさい。石井氏は、私が説得しよう。君も、父親の束縛から逃れる丁度いい機会だ。お互いの将来をじっくり考えた上で、何が最良か答えを出しなさい』

それでは失礼する。という言葉の後、ぷつりと通話が途切れる。素っ気ない機械音をいつまでも聞きながら、朋はただ放心していた。

成瀬の父親の言葉を、ゆっくりと頭の中で反芻《はんすう》する。

母親が、目覚めていると。そして、成瀬の下から去れと言われ……最後に、成瀬が木佐の事務所を辞める、と言っていた。

何から、考えればいいのか。次々と朋を襲う衝撃に、パニックを通り越し上手く頭が働かない。どうしたらいい。空回りする思考に、どさりと携帯電話が畳の上に滑り落ちた。

緩慢《かんまん》な動きで、それを目で追う。機械音を流し続ける小さな物体は、今朋に何を告げた。

自分のことは、自分で決めなさい。残酷な程冷静な声が、耳に蘇る。

自分で決めて、成瀬の手を取った。でも、それは間違っているという。

朋のためにも成瀬のためにも、離れた方がいい。ならば折角見つけたと思った居場所は、いてはいけない場所だったのだろうか。

「せ、んせ……」

成瀬に会いたかった。会って、顔が見たかった。そして今のは全部嘘だと言って欲しかった。またあの孤独の中に戻らなければならないのかと思うと、安らぎを見つけてしまった分足が竦んでしまう。

怖い、嫌だ……――もう、あそこには戻りたくない。

「う……っ」

ぎりぎりと胸が締めつけられるような痛みに、息が出来なくなるような気がした。顔を歪めて、畳に両手をつく。ぎり、と、畳に食い込む程強く爪を立てた。

北海道にいる母親。成瀬は、朋の母親に会いに行ったのだろうか。だがそれならなぜ、朋に黙っている。

そして、事務所を辞めて結婚するという。実家の仕事を手伝っている、と佳織が言っていた。だから最近あれ程忙しそうにしていたのに、朋には一切何も告げなかったのか。

（ああ、もしかして）

執務室で、ちらりと見えた封筒。成瀬で始まる名が印刷されたあれは、やはり実家の事務所のものだったのか。ならば、本当なのだろうか。あの時、あそこで初めて目にしたものだったから、なんとなく違和感があったのだ。

成瀬の気持ちが、判らない。だから余計に怖かった。

（家族……――）

その言葉が、一番重い。朋自身、周囲に誰一人家族がいない状態ですごしてきた。朋といるせいで、成瀬がそれらのものを犠牲にしなければならないと言うのなら。朋は、本当に成瀬の傍にいていいのだろうか。甘やかされるまま、傍にいて。

「はは……っ自分で考えろ、か」

成瀬と出会うまで、自分がただ生きることをこなしてきただけだったということが、よく判る。生きるには、それ相応の苦悩と覚悟と責任が必要なのだと。こんな時になって、やっとそれを痛感する。

周囲の手を借りなければ、ここまでやってこられなかったのは本当だ。ただ、朋はそれに任せて自分を含めた全てを投げ出していた。考えることをやめ、与えられるままますごせたのは、なるほど、ある意味幸福だったのだろう。

「馬鹿だなぁ……」

成長出来たようで、ちっとも出来ていない。今まで全てを拒絶し、放り出していた分のツケが回ってきたようだった。錆《さ》びついた歯車が回り始め、色々なものを見れば、そこには朋が今まで見ようとしなかったあらゆる感情や苦悩がある。

自分のために、そして誰かのために。自分の意志を貫こうとすれば、誰かの心を傷つけざるを得ない場合もあるのだと。

人を傷つけるのは嫌だ。それが痛いと知っているから……辛いと、身を以《もっ》て経験しているから。でも、それでも。どうしても諦めきれない物があって、それにしがみつこうとすれば誰かを傷つけるというのなら。どうすればいいのか。

もしも朋がいなければ。今この現状は、少しは違うものになっていたのだろうか。母親が刺されることもなく、伊勢が負担を抱えることもなく……成瀬が、結婚して幸せに。

「……――っ」

部屋にチャイムの音が響く。静寂の中で突然響いた音に、びくっと肩が跳ねる。振り返った瞬間、朋の脳裏に浮かんだのは成瀬の顔だった。

「先生……？」

朋の家を訪ねる人間は、限られている。そして今朋が家にいるだろうと見当をつけられるのは、成瀬だけだ。もしかしたら、予定より早く帰ることが出来たのかもしれない。

反射的に立ち上がると扉に駆け寄り、鍵を開く。

「先生……――っ!!」

だが、そこに成瀬の姿はなく。代わりに、薄ら笑いを浮かべた椋木が立っていた。

一瞬で、身体が凍りつく。そうだ。もう既に夜中に近いこの時間、成瀬が来たとしてもチャイムを鳴らすはずがないのだ。普段から、成瀬や木佐はチャイムではなくノックをするのに……。

咄嗟に閉めようとした扉の間に、足を捩じ込まれる。がつんという衝撃に手を離せば、その隙に椋木が玄関の扉を開いた。カチャリと鍵を閉める音に足が竦む。

「なんだ、こっちがお前の家なのか？　なかなか出てこないと思ったら……まあいいか、これでゆっくり話が出来る」

「どうしてここ、が」

「あ？　あとをつけたからに決まってるだろう？　月花の所にでも来たのかと思って見張っていたが、一向に出てこないからな」

当然だという顔をして、上がり框から土足で踏み込んでくる。止める間もなく部屋の中を見回され、ふうんと呟かれた。

「あっちとはえらい差だな。ここが本当のお前の家か？　お前、ずっと向こうに行ってただろう。一体何やってるんだ？」

自分で捲し立てた後、まあいいかと話を終わらせてしまう。いっそ、このまま外に出て逃げた方がいいかもしれない。そう思い、一歩玄関の方に向かう。

だがそれを予期していたように、椋木に腕を掴まれる。強引に部屋の奥に連れていかれそうになり、朋は抵抗しようと腕を引いた。

「やめ……っ」

「話をしようっつってんだ！　逃げるな、よ！」

がたん、と大きな音を立ててその場に倒される。床に背中を強く打ちつけ、衝撃で息が止まる。そして、ふっと呼吸が戻った時、隙をついたように身体の上に椋木がのしかかってきていた。逃れようと暴れるが、両手を押さえ、足の上に体重をかけられて、それ以上身動きが取れなくなる。

「なあ、月花へのプレゼントはどうした。渡したのか？　まさか、あの女にやったわけじゃないだろうな」

ぎり、と手首を力任せに掴まれ顔をしかめる。プレゼント。なんのことだ。怪訝な表情を浮かべそうになった時、ふと、あの不審な包みのことを思い出した。

「ドレス……まさか、あれ」

「ああ、綺麗だったろう？　昔月花が、授賞式やドラマなんかで着ていた衣装のデザインに似せて作らせたんだ。あの頃の彼女は、本当に、綺麗で……凄かった」

恍惚《こうこつ》とした表情で当時を思い出す椋木に、ぞっとする。あんな状態で荷物を入れられ、それが月花へのプレゼントだと判断出来るはずがない。なのに椋木は、あのドレスは月花へのメッセージだと、それが見た者には判ると思い込んでいる。

盲目的とも言える程の、執着。

「どうしてそんなに、月花さんに会いたいんですか」

問えば、椋木はじっと朋の顔を見て、やがて何かを思い出したかのように忌々しげな顔をする。

「俺の感性を、俺の演技を判ってくれるのは、あの人だけだ。本物の演技を教えてくれたあの人に会って、もう一度話をしたい。そしたら、俺はまた……」

そこで一度口を閉ざし「くそ！」と何かを罵ると、苛立ちをぶつけるように朋の腕を強く握った。痛みに顔をしかめつつも、椋木の様子を窺う。

「なんだって、あいつなんだ！　俺の方がよほど演技も出来るし、ネームバリューもある。あんな、顔だけの新人に俺がどうして役を譲ってやらなきゃならない……っ!!」

ぎりぎりと歯噛みして吐き出される声は、誰かに対する憎しみで彩《いろど》られていた。だが、その誰かに役を譲らなければならなくなったことが、どうして月花に会うことに繋がるのか。

「どうして隠すんだ？　俺が何かすると思っているのか？　心配しなくても、俺はあの事件の犯人じゃない。むしろ、女優であるあの人を奪った犯人を、殺してやりたいくらいだ」

そして、唐突にぴたりと動きを止めると、朋の顔を正面からまじまじと覗き込んでくる。

嫌な気配に身を捩れば、ああ、と感嘆のような声が聞こえた。

「こうやって見ると、本当に似ているな。あの人の方が、もう少し柔らかい感じだが……そう、だがこんな顔だった。その睨む目も、あの時の役そっくりだ……」

朋の腕を押さえていた手が外れ、頬を撫でられる。その感触にぞっとし、自由になった方の手で椋木の身体を引き剥がそうとした。

「やめろ！　俺はその人じゃないし、何も知らない！」

「煩い！」

バシッ、という音が響くと同時に、頬に強い痛みが走った。椋木の身体の下でもがきながら必死に持ち上げていた頭が、反動で床に叩きつけられる。視界が一瞬暗くなり、殴られたのだと認識した時には、右手で両腕をまとめて押さえつけられていた。身を捩るが、痛みで上手く力が入らない。

「いいさ、喋らないなら喋りたくさせてやる。お前も、痛いよりは、気持ちがいい方がいいだろう？」

囁かれ、左手で再び頬を撫でられる。そうして、その手が喉元にかかった感覚に、朋は無意識のうちに目を見開いた。

「あ……い、や……だ」

「ああ、この顔だ。やっと手に入れられる。月花、あの時俺があんたを手に入れていれば。どうして、どうしてあんなことに！」

「やめ、嫌……」

首筋を辿った掌が、頬に戻り、再び首筋にかかる。まるで感触を確かめるように肌を撫でていた指に、くっと力が籠もる。

その感触と、圧迫感。それらと恐怖が、朋の目の前に、昔の光景をまざまざと蘇らせる。

こうして男に押さえつけられて、首に手をかけられ、そして……。

『お前さえいなければ、お前さえ……っ!!』

「い、や、ああ、あああぁぁぁ!!」

ぎりぎりと、締めつけられる。息が出来ない、苦しい、助けて。もがくように暴れ出した朋の目には、押さえつけている椋木の姿すら入っていなかった。あるのは、叔父にのしかかられ首を絞められたあの時の光景。

パニックを起こしたまま、水の中で溺《おぼ》れてしまったかのように暴れる。朋の上にのしかかっていた椋木がはねのけられそうになり悪態を吐く。

「くそっなんだっていうんだ……このっ!」

再び頬を強く張られ、身体が大きく震える。硬直したまま限界まで目を見開き、今度は小刻みに震え始めた朋に、椋木はようやく大人しくなったなと息をつく。横たわった朋から、ボタンを飛ばすようにしてシャツを脱がす。

「月花……」

「あ……あ……」

声もなく戦慄《わなな》く朋の身体を、椋木が辿る。肌に頬を寄せひとしきり撫で回し、そうしてズボンに手をかけようとした。その時。

「え？　ぅわ！　……ぐっ」

がちゃがちゃと乱暴に鍵が開けられる音と、扉が開く音。そして、椋木のくぐもった奇妙な声。一瞬でそれらが起こった後、朋の身体がすっと軽くなる。

「朋！」

怒鳴り声に、金縛りが解けたように身体の自由が戻る。

「あ……――」

この、声。聞き慣れた……絶対に危険がないと、身体が覚えている、その声。

のろのろと上半身を起こし、振り返る。見れば、殴り飛ばされた椋木が、成瀬に俯せに倒され押さえ込まれていた。成瀬の姿を認識した瞬間、全身から力が抜ける。

「あ……」

「無事か？　無事だな？　朋、そこに携帯がある」

きびきびとした声を、時間をかけて理解し、視線を動かす。すぐ傍に自分の携帯電話を見つけ、ゆっくりと手を伸ばそうとした。だが、震える指先がカチャカチャと携帯に当たるばかりで上手く掴めない。

「開いてるなら、そのままボタンだけ押せ」

言われた通り、ゆっくりとボタンを押そうとする。けれど一一〇番だと言われ、ぴたりと

指が止まった。こんな時にもまだ、母親のことを考える冷静さは残っていたらしい。成瀬に向かって、ふるりと首を横に振る。

「なら、木佐に連絡しろ。番号は呼び出せるだろう」

アドレス帳の中から、木佐の名前を選ぶ。震えて力が入らない指を押さえ、どうにか発信ボタンまで押し終える。そのまま携帯を転がしていれば、画面が発信中から通話中の文字に切り替わった。繋がった。安堵し、声を出そうとするが、そこから漏れるのは微かな音だけだった。

「あ……、あ」

かたかたと震える唇からは、意味をなさない音しか出ない。すると、離れた場所から成瀬が声を上げた。

「木佐！　朋の家に来い。至急だ！」

と、その直後、ぷつりと通話が切れる。切断中と出た画面に、どうやら聞こえたようだとほっと息をついた。それが成瀬にも伝わったのだろう、そのまま待ってろと宥めるように声をかけられた。

「ぐ……っ」

成瀬に腕を捻り上げられ、床に押さえつけられている椋木が呻き声を漏らす。そちらを見た後ちらりと成瀬を見れば、射殺《いころ》しそうな程鋭い視線で椋木を見下ろしていた。だがどうしてか、その瞳は怖くない。むしろその鋭さに安心してしまう。

「そのままじっとしてろ。木佐達が来たら、うちに戻るからな」

「……――」

はい、と言いたかった。だが、やはり言葉にならず。朋は、励ますようにかけられる言葉のままに、俯いて頷き続けた。


ふっと意識が浮上し、ゆっくりと目を開く。柔らかいオレンジ色の光と、見慣れた天井、さらりとした布団の感触にほっと息をついた。

ごそりと寝返りをうつと、ベッドの脇に人が座っているのが見える。ぼんやりと目を凝らせば、成瀬が椅子を持ってきて座っていた。

「目が覚めたか？」

熱を計るように額に手を置かれ、こくりと頷く。

「大丈夫、です」

気遣わしげな瞳に小さく答える。眠りに落ちるまでほとんどまともに喋ることが出来なかったため、きちんと声が出てほっとする。

同じく気になっていたのだろう。成瀬も安堵したように表情を緩ませた。柔らかく頬を撫でられ、ぴりっと口元に走った小さな痛みに顔をしかめる。先程、椋木に頬を張られた時に口の端を切ったのだろう。

成瀬が、ちょっと待ってろと立ち上がる。だが、その場を離れようとした成瀬の袖を咄嗟に掴む。今はとにかく、傍にいて欲しかった。

気持ちが伝わったのか、その場に留まった成瀬がベッドの端に腰を下ろす。微かな振動とともに、朋の頭をゆっくりと撫でてくれる。

この温かな腕に抱きしめられたのは、あれから三十分程してからのことだった。

木佐が、タイミングよく木佐の家にいたという飯田を伴いやってきてから、椋木の身柄を引き受けてくれた。何も言えず、かろうじて脱がされたシャツを羽織って座り込んでいた朋に、あとのことは大丈夫だからと痛ましげな瞳で笑いかけてくれた。

そして成瀬が押さえ込んでいた椋木を飯田が代わりに捕らえ、そのまま朋の家を去ったのだ。

『大丈夫か』

ぎゅっと、朋の身体を抱きしめてくれた腕に心底安堵した。その温かさに緊張の糸が途切れ、成瀬の車に乗った途端ことりと意識を失ってしまったのだ。

温かい掌の感触に、再び微睡《まどろ》みそうになってしまう。気がついた成瀬が、微苦笑とともに「いいから寝てろ」と告げる。だが、落ちそうになる瞼を無理矢理開き、嫌だと答えた。

上半身を起こすと、ベッドの上に座る。その時点でようやくあることを思い出し、成瀬を見た。

「あの、石川さんは？」

「家に帰らせた」

「え、大丈夫なんですか？　嫌がらせの方は……」

「ああ、そっちは問題ない。ついさっき、お前が寝てる間に、犯人が判ったとあいつから連絡があった」

　意外な言葉に、目を見開く。

「久々に家に戻ったら、犯人に出くわしたらしい。知っている奴だったらしくてな。まあ、心配ないらしいから放っておいても大丈夫だろう。何かあれば木佐に連絡するように言っておいたしな」

「怪我とかは……？」

「さあな。何も言ってなかったから、問題ないだろ。相手は女だったって言うから、尚更な。あとは向こうの問題だ」

　そっけなく言う成瀬に、首を傾げる。どうにも対応が冷たい気がする。疑問に思っているのが伝わったのか、成瀬が、苛立たしげに「あのな」と朋の頭を上から押さえる。

「あいつのことなんざ、今の俺にはどうでもいいんだよ。それよりもお前だ。どうしてあのクソ野郎のことを黙ってた。ずっと付き纏われてたのか？」

「そう言えば……どうして先生は、あそこに？」

　ぼんやりとしたまま問いを問いで返し、成瀬が肩を落とす。だが、成瀬は北海道にいたはずで、帰ってくるのは明日ではなかったのか。いや、正確にはもう完全に日が変わっているため、今日になるが。

とにかく、一つずつ片付けることにしたらしい成瀬が、経緯を説明し始める。

「今ここにいるのは、今日の飛行機が取れたからだ。夜の便で戻ってきた」

けれど家に戻ったら朋の姿がなく、心配そうな面持ちの佳織が、朋が出て行ったと告げたのだ。

理由を問い質《ただ》せば、成瀬と朋の関係について責め立てたという。そんな佳織に、成瀬は、朋は自分の恋人だと明言し迎えに行こうとした。そして一旦佳織を自分の家に戻らせようとした時、佳織が、郵便受けの前で朋と会っていたのが俳優の椋木章だったということを思い出したのだ。更に以前、事務所からの帰り道に朋が気分が悪いと言っていたあの日にも、あの場にいて朋を見ていたということを成瀬に教えたのだという。

前に偶然椋木の財布を拾ったことは聞いていたため、嫌な予感を抱えつつ朋の家に向かった。そうしたら、あの状況だったというわけだ。

壁の薄いアパートだから当然だが、騒ぎは隣人にも聞こえていたらしい。激しい物音に、朋の部屋の前で警察に連絡しようかと迷っていたそうだ。成瀬が到着して朋の知人だと告げ、あとはこちらで対応するから問題ないと言えば、ほっとした様子で部屋に戻っていったという。

「あいつのこと、どうして黙っていた。ずっと何か言いたそうにしてたのは、あいつのことか？」

剣呑な瞳に、気圧される。怒りの籠もった目で問い詰められ、だが素直に答えようにも答えに迷う。どうしてか、と言われれば。

「財布を拾った何日後かに、母さんのことを聞かれて。先生、忙しそうでしたし。石川さんもいたから、言う暇が」

「んなもん、事務所でもどこでも言えただろうが！」

「っ！」

怒鳴られ、びくっと肩を竦める。先程までの朋の状態を思い出したのか、成瀬が何かに気づいたように口を閉ざし、深く息を吐いた。眉間に深く皺を刻み、自分を落ち着かせようとしているのだろうそれに、あの、と声をかける。

「言おうとした時には、タイミングが合わなくて。二回くらい事務所の近くに来て、母さんのことを聞かれましたけど。何も知らないって言い続けたら最後には諦めると言っていたから、大丈夫だと思ったんです」

「大丈夫じゃなかっただろうが――そういう時は、場所を構わず言え。俺が疲れてるのなんか、気にしなくていいんだよ」

ぐしゃぐしゃと、苛立ちをぶつけるように髪の毛を掻き乱される。ごめんなさい、ともう一度されるがままに謝れば、不意に身体が温かいものに包まれた。

抱きしめられたのだと。与えられた温かさに縋るように、成瀬の身体にしがみついた。先程までの恐怖が蘇り、胸の奥がひやりとする。椋木にされたことよりも、未だに叔父に首を絞められた時の記憶がこびりついている自分自身が怖かった。

いつになれば、忘れられるのか。震えたままましがみつく朋を、成瀬の腕が強く抱きしめてくれる。

「無事でよかった……――」

心の底から安堵したという声。切なさに胸が詰まり、与えられる温もりに更に身を寄せようとする。

『決心がついたら、この電話番号に連絡をしなさい』

恐怖が和らいだからか、忘れていた声が唐突に脳裏に響く。成瀬の父親に言われたそれに、身体が硬直した。

(どうするか、決めたら……)

こんな時に、思い出したくはなかった。いっそ忘れてしまえればよかったのに。悔しさに歯噛みしながら、こうしていつまでも縋っていては駄目だと自分を鼓舞する。

それに、成瀬のことも――そして、母親のこともまだ片付いてはいなかった。

すっと身を離した朋に、成瀬がどうしたと訝しむ。なんでもないですと答え、一体何から聞けばいいのだろうと惑う。

北海道、母親、結婚、仕事場、将来。聞きたい単語ばかりが空回り、きちんとまとまってくれない。

（どうやって、何を、どれから）

「おい、朋？　おい！」

傷に障らぬよう頬を両手で包まれ、上向かされる。衝撃に我に返り、正面からこちらを睨みつけてくる成瀬に焦点を合わせた。

「何があった。白状しろ」

「え……」

逸らすことを許されない、強い瞳の色。射竦《いすく》められたように動けなくなる一方で、朋の頬を掴む手は優しかった。すっと、親指で頬を撫でられる。

「何かあったんだろうが。んな、真っ青な顔しやがって」

心配そうなその声に、ずっと堪えていたものがぐらりと揺らぐ。案じてくれていると判るだけに、何もかも吐き出してしまいたくなってしまう。

「何も……」

「いいから言え。全部だ。お前が一人で悩んだって、どうせおかしな方向に行くだけだ。言うまで離さねぇからな」

「ひど……そ、んな」

「言わずにいて、あんな目にあっただろうが！」

さっき朋が怖がったからだろう、怒鳴る声も抑えめにしてある。だが、どうして朋だけがそんな風に言われなければならないのか。成瀬だって、隠し事をしているくせに。理不尽な思いが溢れ、くしゃりと顔が歪む。

「せ、先生……先生だって、俺に隠し事してるじゃないか！　事務所のことだって、結婚のことだって、母さんのことだって！」

朋一人が、事実を隠され何も知らされずにいるのに。どうしてこちらが隠し事をしていたら責めるのか。

思わず叫べば、成瀬が虚《きょ》を突かれたような顔をする。やがて眉間に深く皺を刻むと、泣きそうな朋の頬を宥めるように再び指の腹で撫でた。

「……――あんの、くそ親父」

呟かれた言葉に、今度は朋の方が驚いてしまう。どうして判ったのか。だが、悪態は成瀬の父親に向けられているものの、朋を見る表情と仕草はとても優しい。労りが伝わってくるその温かさが、泣くなと言っているようで。成瀬に怒鳴られ昂《たか》ぶっていた気持ちが落ち着いていく。

朋をじっと見つめていた成瀬が、やがて小さく息を吐く。そしてすっと、朋から視線を外した。

「っ！」

次の瞬間、成瀬のあまりの豹変ぶりに声を失う。まるでそこに父親がいるかのように、宙を睨む成瀬の表情。人でも殺しそうな憎々しさに、思わず指を伸ばしてしまう。

「朋。それ言ったのは、うちの父親だな？」

ぐっと顔を覗き込まれ、これ以上は黙っていても無駄だろうと頷く。気が抜けたようにこつんと額をぶつけられ、ぎゅっと抱き込まれる。

「……ったく。悪かった、まさかお前の方に行くとは思わなかったからな。俺の注意不足だ。で、何言われた」

どうしようと悩むものの、いいから全部吐けと促されてしまう。確かに成瀬の父親に言われたとばれた時点で、隠すだけ無駄かもしれない。そう思い、かいつまんで説明する。

「先生が今の事務所を辞めて、実家の事務所に戻るって。そのためにあっちの仕事をしていて、縁談もあるから、って。それと北海道に、か、母さんが……目が、覚めてる……」

順序立てて言おうとするものの、段々自分で何を言っているのかが判らなくなる。どれもこれも、どういうことなのか。ぎゅうっと成瀬にしがみつけば、落ち着けと言うように、ぽんぽんと背中を叩かれた。優しい仕草が、少しだけ不安を和らげてくれる。

「他は」

「……何も」

「……──朋？　ああ、まあいい。大体想像はつく。便宜《べんぎ》を図ってやるから、事務所を辞めてどっか別の土地に行けとでも言われたか？　あとはなんだ。そうだな、俺が結婚して家族を持つとか、お互いの将来のことを考えろとか、大方その辺だろう」

「……な、なん……っ」

あまりにも正確に言い当てた内容に、聞いていたんじゃないのかと絶句する。言葉を失った朋に、成瀬が、当たりかと顔をしかめる。似たようなこと言いやがったな、と一人でぶつぶつ呟くと、朋に向かい、お前を動かすにはその辺から攻めるのが一番だからな、と溜息をついた。

「お前はそれでぐるぐる無駄に悩んでた、ってわけか」

無駄。言うに事欠いて無駄とは。かっと頭に血が上《のぼ》り、衝動のまま「だって！」と声を張り上げた。

「俺は、先生が傍にいてくれるだけで嬉しいけど、俺は先生に何も返せない。貰うばっかりで、なのに、これ以上先生から大切なものを奪うようなことはしたくない……っ」

「大切なもの、なぁ」

「それに、俺は確かにずっと甘えてた。伊勢先生に助けて貰って、成瀬先生に手を引いて貰って。今も、今だって……」

この手で、何一つ出来ていないのだ。結局は、どうしようと悩んでいるだけで。

「あのなぁ、朋」

身体を離され、手を取られる。指を絡めて手を繋がれ、そして、この手で何かをしたいのなら、と続けられた。

「お前はまず、その無駄に低い自己評価を見直せ」

「無駄……」

また、無駄だと言われてしまった。

「大体な。散々大人に振り回されたあの状況で育って、お前程真っ正直に育ってる方が珍しいんだ。大抵は、もう少し世の中を恨むか、したたかになるかのどっちかだろうが」

だがそれどころか、まず人を信じようとする。その上、人の心配ばかりするくせに自分のことはちっとも構わない。そんなことを次々と並べられ、朋は次第に自分の眉が下がっていくのを感じた。

「それに、俺から大切なものを奪いたくないって……お前、どうしてそこに自分が入るとは思わないんだ」

呆れ混じりに言われ、一瞬きょとんとする。

「え？」

今、成瀬はなんと言ったか。驚きに目を丸くして見つめ返す。

「俺は、傍にいるって言ったたな。朋」

その言葉にこくりと頷く。すると、厳しい表情のまま成瀬が、ならと続ける。

「この手で何も出来ない、なんて言うぐらいなら。まず、誰かを押しのけてでも自分の欲しいものを手に入れるくらいの、したたかさを持て」

傷つけることを嫌がっていては、結局欲しいものなど手に入らないのだと。成瀬の瞳はそう言っていた。誰かを傷つけたなら、その分の責任を果たせばいい、と。

「お前が一人で考えて、どんな結論を出したとしても。俺には関係ないからな。お前がここから逃げ出しても、俺は追うぞ。絶対に逃がさない。お前が傷つけるのを嫌がった分、俺が人を傷つけてでもお前を手に入れてやる」

「……——っ」

執着を露にした言葉に、心が揺れた。

指を絡めたまま、両手を強く握られる。絶対に、手放さない。言葉とともに身体でそう伝えられているようで、甘い感覚に支配される。

そして少しだけ力を緩め、あとの話は、と続けた。

「まあ概《おおむ》ね嘘はない、全部本当だ」

「っ！　じゃあ……むぐっ」

声を上げようとすれば、ちょっと黙ってろと言い、片方の掌で口を塞がれる。離してくれと訴えるが「うー、うー」という声にしかならない。

「嘘はないが、答えが違う」

そう言い、成瀬が一つずつ答えていく。

「今の事務所を辞めて向こうに行くってのは、向こうから言われた話だが、断った。縁談もな。ここ最近、あっちの仕事……つうか、正しくは祖父さんの事務所の仕事を受けていたのは本当だ。親戚から頼まれたってのもあるが、お前の母親のことを聞き出すための根回しに、ちょっとな」

「母さんのことを？」

「ああ。そうだ、一つ言っておくが、お前とのことはもう向こうに言ってあるから、じたばたしたって無駄だぞ」

「……言って……？」

とんでもない事実をさらりと言われた気がする。数瞬の後、正しく意味を理解した朋は、あんぐりと口を開けた。

「な、え、ど、どうして……」

「手っ取り早く言えば、親父との喧嘩のついでについいってとこだ。お前に言ったようなことを俺にも言ってきたんだよ。その上、結婚話を持ってきて、まあ、色々あって黙ってんのが面倒臭くなった。言っちまえば早いだろ。後々、鬱陶しくなくていいしな」

「早い……って」

朋の母親のことを父親に問い質せば、先に言ったような交換条件を持ち出された。実家の事務所に戻り結婚しろというそれに、成瀬は、朋と付き合っているから結婚する気はない。朋を手元から離す気もない。そう両親の前で宣言してきたそうだ。

ああ、そういえば、と。成瀬の父親と話したあの時、最後の方の言葉は、よく考えればどれも朋と成瀬の付き合いを認識した上でのもののようだった。今更ではあるが、あの時はそこに思い至る程気が回らなかったのだ。

ただ、と成瀬が補足する。

「事務所を辞める件は、一旦飲んだんだがな」

「え!?」

「お前の母親の情報を聞き出した後、お前と別れる気も手放す気も、男が恋人だってことを隠す気もないが、どっちがいいっつって反故《ほご》にしてきた」

子供のような言い分に、朋は既に言葉もない。かろうじて告げた台詞は、一言。

「先生、それへりくつ……」

「あぁ？　あっちだって似たようなもんだろうが。面倒なことにならないように、仲裁は祖父さんに頼んできたからどうにかなるだろ」

成瀬が手伝っていたのは、父方の祖父がやっていた事務所らしい。既に高齢で実質的な業務は他の孫が継いで執り行っているが、未だ祖父を頼って相談に来る依頼人もいるそうだ。その事務所で急に弁護士が一人、入院してしまった。元々人手が少なく、手が回らなくなっていた依頼を、祖父に頼まれ成瀬が受けていたらしい。

実際は、その弁護士が担当していた依頼人に成瀬の事務所を紹介し、了解が取れた分を事務所依頼として受けていたそうだが。

その代わりに、経緯を説明し、いざという時の両親との仲裁を頼んでいたらしい。

「先生の、お祖父様？」

「俺が、実家の事務所を出る時にも手を貸して貰ってな。一応、何かあった時の保険のためだ」

俺は、別に縁を切っても切られても構わないが、それじゃあお前がずっと気にし続けるだろう。そう言われ、朋は申し訳なさと嬉しさで、胸が一杯になる。

「相談しなかったのは悪かったな。お前に言っても、反対して終わりだろうが」

「当たり前です！　そんなの、だって」

もしそれで、成瀬が家族と上手くいかなくなったら。その方が嫌だった。

「っても実際の所、昔事務所辞めた時点で親父とは決裂してるからな。今回の件もあのクソ親父にしてみれば、タダでお前の母親の情報を俺に渡すより、有効に使って自分の思い通りにさせようとしただけのことだ」

そして朋にここから離れろという話自体、成瀬が朋との関係を告げなければ出なかっただろう、とも。そうでなければ、この半年の間にとっくに話を持ち出してるはずだろうが、と続けられ、そういえばと目を瞠った。

「俺がどうこうってより、単に向こうにとって外聞が悪いってだけの話だ。とにかく、お前とのことがなくても上手くいってない要因は別にあるから気にするな。母親の方は、まあ、本気だってことが判ればそのうち諦めるだろ」

兄弟もいるしな。俺一人が結婚しなくても、なんとかなるもんだ。

結果、成瀬自身がその調子で一切聞く耳を持たなかったため、動かしやすそうな朋の方に手を回してきたのだろう。それだけは悪かったと、申し訳なさそうに告げられる。だが一方で、そんなもの聞く必要はないと断言されてしまい、心配に表情は曇りつつも朋は苦笑するしかなかった。

成瀬の父親が言ったことは、実際の所正しいのだ。

朋自身が、自分の足下を定められていなかったことも、周囲に甘えてきたことも。そしてこの地に残らない方が、誰にとってもいいことも。一方的なものでなく、朋のためになるという側面も確かにある。

けれど、と繋がれた成瀬の手を見て思う。

自分のことは自分で決めろ、と言うのなら。朋は、誰を傷つけてもこの手を離したくはなかった。例《たと》えそれが、成瀬が受け入れてくれたという安心感を前提としたものだとしても。

(開き直って認められるくらいに、強くなれればいいのに)

ぎゅっと、温かい掌を握る。そして、最後に一つだけ残った……一番大きな問題についての覚悟を決める。

「先生。それで、母さんのことは……」

力を込めた手を、成瀬があやすように揺らしてくれる。そうやってしばらく無言で朋を見ていた成瀬が、聞きたいか、と告げた。

「結論から言えば、お前のお袋さん……櫻井月花さんの居場所と現状は判った。本人には会っていないが。ただ、お前にとっちゃ朗報とは言い切れん」

知らない方が、幸せかもしれない。成瀬の声に、朋はこくりと唾を飲み込む。そして、腹を括《くく》った。亡くなっているかもしれないと、思っていたのだ。だから、もし生きているのならそれだけで耐えられるはずだ。

「大丈夫です……——あの、母さんの目が……覚めているっていうのは」

「本当だ。今は北海道で、事件当時から主治医だった人と一緒に暮らしている。俺が会ってきたのは、その人だ」

そうして聞かされた経緯は、朋に衝撃をもたらした。

事件時の一時的な心停止から、母親は昏睡状態が続いていたらしい。状態が変わらず三ヶ月が経過すれば、植物状態として認定される。そんな状況で、二ヶ月後、母親は奇跡的に意識が回復した。

朋が叔父によって首を絞められたのは、昏睡状態が続いている間、一時的に危篤となった時のことだった。まだその頃は、どうなるか先行きが見えず、叔父も不安定になっていたのだろう。

ただ、世間的に事件の犯人は不明となっており、身内である叔父はそれを理由に意識が回復したことは外部に漏らさないで欲しいと頼んだ。病院側も患者の安全を考え、情報の管理を厳重にしたそうだ。

主治医だった男は、身内には連絡が済んでいるという叔父の言葉を信じていた。そして月花の子供が、事件のショックで母親に会いたくないと言っている、という言葉も。

実際には、朋や伊勢は叔父から母親が植物状態になった、ということしか聞いていなかった。当時は、石井との連絡口であった成瀬の父親も同様だったらしい。

母親は、事件時の怪我や免疫力の低下などが元で病気を併発し、幾度か手術をしたそうだ。そして事件から一年が経とうとしていた頃、どうにか体調も落ち着きを取り戻してきた。

その頃、主治医だった男が実家である北海道の病院に移ることになった。そこで男は、母親と叔父に転院を勧めてきたそうだ。

田舎だが、その分外に出るにも都会よりは気を遣わなくていいだろう。それに、身体のためにもそちらの方がいいのではないか。そう言われ叔父も本人も了承し、北海道に移った。

成瀬の父親には、慰謝料の件があったため、北海道への転院後に連絡が来たのだという。もちろんその後、成瀬の父親を通して石井にも、母親の状態や北海道に転院したことは伝えられた。だが石井は全て成瀬の父親に一任したまま、それ以上の詳細は聞こうとしなかったようだ。事件以降、石井にとって母親とのことは、面倒ごとでしかなかったのだろう。

伊勢がその事実を知らなかったのは、多分、朋に関わりすぎたせいだ。石井から言われ朋の監視を兼ねていたとはいえ、伊勢はいつも朋に同情的だった。事件のことでも、本当に親身になってくれたと今でも思う。

伊勢の耳に入れれば、必ず母親に会わせようとして朋に伝えるだろう。ようやく騒ぎが鎮静化し始めた頃のことだ。朋が母親に会いに行こうと動くことで、誰かが嗅ぎつけて騒ぎ出すかもしれない。それを危惧されたのだ。

今もって、こうして朋が探そうと決めるまで教えられなかった所を見ると、多分あちらから積極的に教える気は毛頭《もうとう》なかったのだろう。知らない方が、誰にとっても平穏だと、そう判断されたのかもしれない。

「じゃあ、母さんは本当に北海道に……」

目を見開いた朋を、成瀬が引き寄せる。されるがままに胸に抱き込まれ、その体温に顔を寄せた。

茫然と、するしかなかった。そんなに以前から、母親の目が覚めていたとは。そして遠い地に行っていたとは。

（どうして……――）

どうして、自分は置いていかれたのだろう。叔父が反対したのだろうか。母親も、病床では手のかかる子供を連れていけなかったのだろうか。ならばなぜ、せめて朋には目が覚めたことくらい教えてくれなかったのだろう。

叔父が反対したのだろうということは、容易に想像がつく。むしろ叔父には、憎まれていたと言ってもいい。だが、母親はそれで了承したのか。

今まで、母親にだけは必要とされていると思っていた。けれどそれも、朋の勝手な思い込みだったのだろうか。そう思えば、胸の奥にぽっかりと穴が空いたようだった。

目が覚めていて、生きていて嬉しいはずなのに。喜びたいのに、喜べない。そんな複雑な気持ちを持て余し、唇を噛む。

「もう少し詳しい話は、また後でするが。お袋さんな……意識が回復した時、記憶の一部を失っていたそうだ」

「え？」

どういうことかと成瀬を見ようとする。だが、抱き寄せられた腕にそれを阻まれる。痛々しいと言いたげな声に、緊張で身体が強張った。

「成人する少し前の頃から……女優として、まだ名前が売れていなかった頃以降の記憶が、断片的にしかなくてな。ようするに……」

言いにくそうに一度言葉を切った成瀬が、細く息を吐く。

「自分の子供と、その父親に関することが、完全に記憶から抜け落ちていたそうだ。もちろん、事件のこともな」

「……――っ!!」

あまりの衝撃に、頭の中が真っ白になった。

声もなく成瀬に縋りつくように、シャツを握りしめる。だから、朋には連絡がなかったのか。故意ではないだろう。怪我のせいであり、仕方のないことだ。それでも、つい、母親にとって朋は忘れたい記憶だったのだろうかと思ってしまう。

「あ……」

「朋、朋……おい、ちょっとだけ離せるか?」

成瀬のシャツを指先が白くなる程握っていた手が、上からそっと大きな掌で包み込まれる。促されるままそこから外され、成瀬がベッドから立ち上がった。のろのろとその動きを目で追えば、すぐ戻ると言い置きリビングへと向かう。

戻ってきたのは本当にすぐだった。真っ白い封筒を手に、再びベッドの端に腰を下ろす。微かに揺れた視界の中で、成瀬が朋にそれを差し出してきた。

「……――」

「お前宛だ。向こうが、もしよかったら読んで欲しいと言っていた」

封筒と、成瀬を交互に見る。どうしよう。そんな不安が伝わったのか、成瀬から手を取られ、掌の上に封筒を乗せられる。さほど厚みもないそれが、とてつもなく重いものに感じられた。

「開けてみろ。大丈夫だ、ここにいるから」

指先で優しく目元を擽《くすぐ》られ、ゆっくりと封を開ける。中に入っていたのは、写真らしき印刷物と手紙。先に手紙を取り出し、読み始めた。

内容は、おおよそ今成瀬が話した通りだった。

北海道に来てから数年して、母親は、手紙の主である主治医だった男と籍を入れ一緒に住むようになった。それを機に叔父は、別の場所へ一人で引っ越したそうだ。

実姉である母親をあれ程守ろうとしていた叔父が、どうしてその場所を離れる気になったのか。その理由は判らない。大切な姉が、これからの人生をともに歩む相手の手を取ったことで、自分の手が必要なくなったと思ったのかもしれない。手紙の丁寧な文面からは、相手の誠実さが窺える。石井の時とは違い、任せても大丈夫だと思ったのか。

それとも、北海道での平穏な日々の中で、叔父自身が誰か大切な人を見つけたのか……。

その、どちらも違うかもしれない。だがなんとなく、あの叔父と顔を合わさずに済んでほっとしていた。多分お互いのために、もう会わない方がいいのだと思う。

母親は、今も下半身に麻痺が残っており車椅子での生活を送っているらしい。ただリハビリの甲斐もあり、どこかに掴まりながらなら数メートル程は歩けるようになったそうだ。記憶については、未だに曖昧で、だが年々断片的にだが戻ってきてはいるらしい。事件前後のことは思い出せないそうだが、自分に子供がいたような気がする、という所までは思い出していると書かれていた。

出来れば、気持ちの整理がついたら会いに来て欲しい。きっと本人も驚くだろうが、必ず喜ぶだろうからと書かれて手紙は終わっていた。

最後に、追伸として添えられた文章を読み。写真を取り出した直後、朋はきつく唇を引き結んだ。胸の奥から、熱い塊が溢れ出す。

「……──っ」

写真には、朋が覚えているよりも年を経た母親の姿が写っている。車椅子に乗り、傍らには大人しそうな黄金色の大型犬が寄り添うように座っていた。幸せそうに、明るい表情で笑っている。

手紙の最後に、書かれていた言葉。

『一年程前から、犬を飼い始めました。月花さんがつけた名前は『トモ』でした。よく気のつく、いい犬です』

「ふっ……ひ、く……っ」

堪えようとしても、溢れるものが止まらない。頰を流れ落ちた涙が、写真と手紙を濡らし

ていく。ぱたぱたと音をさせるそれを、成瀬がそっと朋の手から引き抜いた。

朋の身体を、優しく抱き寄せてくれる。

「我慢するな。どうせ俺しかいないんだ、好きなだけ泣け」

「……ひっく、っふ、うあああぁぁ……っ」

成瀬の身体に縋りつき、手放しに泣き声を上げる。母親が生きていた、そして目覚めていた。それに対する安堵。けれど、忘れられてしまったことへの悲しみ。

犬につけた、名前。まるで朋の代わりのように。それが、少しでも自分の存在が残っていたのかもしれないという希望となった。

『朋の名前はねぇ、お母さんとお揃いなのよ。月が二つで、朋。離れていても、お母さんは朋と一緒にいるからね。誰かに支えられて、支えていける子になってね』

不意に、昔母親から聞いた言葉を思い出す。そうだった。朋の名前は、そうやってつけたのだと。笑って教えてくれた。大丈夫、一緒にいる。そう言ってくれたあれは、朋を産んで後悔している人の顔ではなかったと思う。

様々な感情が綯い交ぜになり、自分でもよく判らないまま、後から後から涙が溢れ出る。嬉しいのか、悲しいのか、辛いのか。涙と一緒に湧き上がる激しい感情がなんなのか。自分でも理解出来ないまま、何かに突き上げられるように泣いた。

子供のように無防備に泣く朋に、成瀬は何も言わなかった。ただ黙って、背を撫で続けてくれている。その温かさがまた、止まりそうになった涙を溢れさせた。

「せ、ん……せっ、ひっく」

しばらく泣き続けた後、しゃくり上げながら名を呼べば、苦笑混じりでどうしたと返事が返ってくる。

「こ、今度……っ、い、一緒に……会い……——にっ」

行って欲しいという言葉は、最後まで言うことは出来なかった。代わりに「言われなくても」という成瀬の安堵したような声が聞こえ、口づけとともに唇の中に収められた。


「ふ、っく……んぅっ」

泣き声は、やがて微かな喘ぎに変わっていく。

あれから、なかなか泣きやまない朋を、成瀬は根気よく抱きしめたまま宥めてくれた。そしてようやく涙が止まった頃には、成瀬のシャツと朋の顔はかなりの惨状となっており。目も鼻も真っ赤になった朋と濡れたシャツを見比べて笑う成瀬に、朋は思いきり泣いて少しだけすっきりしつつも恥ずかしさに顔を伏せた。

『着替えついでだ。風呂に入るか』

その一言で、朋は、成瀬によって抱えられ風呂場に連行されてしまった。

シャワーをかけられ、文字通り頭の天辺から足の爪先まで、甘やかすように洗われ。その優しい感触に、止まっていた涙が再び溢れ出した。そんな朋を何も言わずに洗った成瀬は、自分もざっと身体を洗うと、浴槽に湯を張り朋と一緒につかった。

『このままここでやってもいいが、お前、のぼせそうだな』

涙を拭われながらおかしそうに笑われたが、反論は出来なかった。散々泣いたせいで、頭に血が上っているのが自分でも判っていたからだ。多分、長湯すれば即のぼせていた。

風呂から上がり、身体を拭われ、着替えさせられ。本当に赤ん坊になってしまったかのように、成瀬の手で全てをされた。風邪を引くからと髪を乾かして貰い、代わりに成瀬の髪を乾かし、そんなゆったりした時間の中でどうにか気持ちも落ち着きを取り戻してきた。

「……はっ、はぁ」

小さな音とともに唇が離れた瞬間、大きく息をつく。その様子に笑い、成瀬が朋をベッドに横たえた。

寝室のベッドの上で、互いに口づけを交わし続ける。成瀬は朋を甘やかすように、そして朋は成瀬に甘えるように。性急さのないそれは、だが確実に身体の熱を高めていく。

仰向けに横たわり、成瀬の体重を受け止める。心地好い重みに、こうやって向かい合って抱き合うのは久々だということを思い出した。腕を成瀬の首に回し、正面からじっと成瀬の顔を見つめる朋に、どうしたと笑う。

「こうやって先生の顔を見るの、久しぶりだなぁって」

それに、成瀬がああと思い当たったような声を漏らした。やはり、以前執務室で抱かれた時、ずっと朋を背中から抱いていたのはわざとだったのか。

気まずげに笑った成瀬が、悪いな、と告げる。

「あの時は、頭の中が整理しきれてなくてな。あんまり、顔を見られたくなかったんだ」

どうしてですか、と問う朋の赤くなった目元に柔らかく唇が落とされる。

「お袋さんのことを聞いたのが、あの日だったんだ。まあ親父と喧嘩して苛ついてたっていうのもあるが」

それよりも、と続けられた言葉に目を瞠った。

朋の母親が生きて目覚めていると知り、もし朋が、自分よりも母親の下へ行くことを選んだら、と。

「先生……」

「どうするのが、お前にとって一番いいのか。さすがに迷った。親父から、ある程度の状態を聞いたから、尚更な」

目覚めてはいるが、事件や石井、朋のことは忘れている。

成瀬の父親が知っていたのはその程度だったが、それでも朋が傷つくだろうことには違いなく。朋に伝えるべきか、伝えないままにしておくべきか。そこも、迷っていたのだという。

そしてもしそれを聞いても、朋が北海道へ行くと言ったら……。

「他の人間に負ける気はさらさらないが、さすがにな。お前のお袋さんにだけは、敵《かな》わないだろう？」

朋を自分の下に引き留めておいていいのか、それを朋が選んでくれるのか。どうすれば、朋を傷つけないように真実を伝えられるか。

様々な思いが交錯し、まともに朋の顔を見られなかったのだと。

「先生」

緩んだ涙腺から、ぽろりと涙が零れ落ちる。顔を寄せ、幾度も涙を舌で拭ってくれつつも、成瀬が決まり悪げに苦笑した。

「お前に、偉そうに説教はしたが。俺も似たようなもんだ。お前のことに関しちゃ、自信なんざねぇからな」

「……え?」

どうして、と驚きのまま呟けば、そりゃそうだろうがと眉を顰められる。

「我が儘言うどころか、何かあっても相談ひとつしてこねぇ。その上、俺を気遣ってるんだろうが、無理矢理連れてこなきゃうちにも寄りつかない。電話だって、お前からは、ほとんどかけねぇだろ。しかも佳織の奴が来ても、俺を責めるわけでもあいつを追い出すわけでもない。腹も立てないどころか、むしろ、泊めてやれって勧めてくるわ……って、お前の気持ちを疑ってるわけじゃねえが、さすがの俺でも多少自信が持てなくなるぞ」

拗ねた口調で並べ上げられたそれに、唖然とする。今まで成瀬に嫌われたくない一心で自制してきたことを、全部否定されてしまったからだ。それが逆に成瀬を不安にさせていたというのか。焦りながら、ええと、と言葉を探す。

「だって。そんな、俺、これ以上先生に迷惑かけたらって……痛っ」

がぶ、と鼻先に噛みつかれ、痛みはなかったが思わず声を上げてしまう。そうして枕に頭を押しつけられたまま、上から成瀬に睨みつけられた。腰が引けつつ、あの、と口元を引き攣らせる。

「……――っとに、お前のその全力後ろ向き思考、イチから躾け直してやろうか」

恫喝するような低い声でぼそりと宣言され「しつけ……」と呟く。

「まあ、今までの時間より、これからの時間の方が長いんだ。せいぜい長生きして、矯正《きょうせい》してやる。お前が、俺を選ぶならな」

ほんの僅か。成瀬の揺らぎを感じ取り、朋は胸の痛みを堪えて顔を歪めた。違うのだと、そう言葉で言う代わりに、成瀬の唇に自らの唇を寄せる。

「本当は、嫌だった……っ。先生があの人と一緒にいるのも、あの人が先生を名前で呼ぶのも、全部」

封じていたものを解くように、自分の中にあった暗いものを取りだしていく。全てを見せて、全てを晒して。それでも成瀬は、自分を選んでくれるのだろうか。

「腹は立ってたけど、でも！　こんなこと言えば、先生に鬱陶しがられるかもしれないって思って……けど、先生は俺のだって言いたか……っうぅ！」

ぶつけるように口づけられ、痛い程に舌を吸われる。既に赤く腫れぼったくなっている唇を、激しく貪られた。

「ん、んぅ……秋、たかさ……秋貴さん……っ」

「朋」

何度も名を呼び、舌を絡める。そのままパジャマを剥ぎ取られ、同じように脱いで欲しいと成瀬のシャツを引いた。

「なあ、言ってくれ。俺にどうして欲しい？」

「つふ……あ」

唇を離した隙間で、成瀬が甘えるような声を出す。それがなんだか、格好いいのに可愛く聞こえて、口元が綻ぶ。言ってもいいのだろうか。甘い期待が、胸に広がる。

朋の言葉を遮るように、深く唇を合わせ、喉奥まで舐められるような勢いで口腔を舌が動き回る。喉声を上げてそれを受け入れ、やがて答えを聞くようにゆっくりと離れた隙に、吐息とともに封じていた言葉を差し出す。

「全部、貰って？」

そして成瀬の首筋に縋りつき、最後の一言をぶつけるように告げる。

「秋貴さんが、全部、ほしい……っ」

「……嫌、ぁ……っ」

仰向けになって両脚を大きく開かされ、そのまま深く身体を二つ折りにされ。朋の全てが成瀬の眼前に晒されていた。その上、朋自身に開いた両脚を持たせ固定させたまま、成瀬が脚の間に顔を埋めている。

途切れることなく聞こえてくる、ぴちゃぴちゃという水音。成瀬が朋の後ろに舌を這わせているその音に、後ろだけでなく耳まで犯されているような気分になってしまう。濡れた生温かい柔らかいものが、後ろの襞をなぞるように這い回っている。最初は、ぞわりと鳥肌が立つような感触だった。だが、時間が経つにつれそれは、むず痒く腰が熱くなるような快感へと変わっていった。

「や、あっ！　……駄目、そんな……っ」

ぬるりと、入口の襞を舐めていた舌先が、内へと差し込まれる。一緒に濡れた指先が押し込まれ、ゆっくりと解され広げられていく。身体の内側を擦る、指の硬さと舌の柔らかさ。異なった感触がばらばらに動き、腰が落ち着きなく揺れそうになってしまう。

「……んぅ……あぁっ！」

やがて指の本数が増やされ、中が柔らかくなってきた頃。押し入れられた指でそこが左右に広げられた。入口付近で遊んでいた舌先が、更に奥まで入ってくる。

ずるりと、自在に動く柔らかいモノがもたらす感覚は、一種独特だった。身体の中を舐められている。それがダイレクトに伝わり、自身の脚を持つ手が震えた。

「や、駄目、せんせ……それっ」

「駄目って、ここは、欲しがってるぞ？」

舌と指を抜き、朋の顔を覗き込んできた成瀬が、意地悪く口端に笑みを刻む。緩んだ表情を見られたくなくて顔を逸らせば、脚を押さえていた片方の手をとられる。朋の手の代わりに成瀬が脚を押さえ、一方で、取られた手がくいと引かれた。

「あ、駄目！　嫌だ……っ」

何をするか悟った朋が、手を引っ込めようとする。だがそれを許さない成瀬は、ぐいとそのまま朋の手を中心に導いた。先程まで自身が舌を埋めていた場所に、朋の指先を当てる。

「ほら、自分で触ってみろ。欲しがってるのが判るぞ」

朋の指先を持ち、動かすなよ、と囁く。ぴきりと固まった朋をそのままに、成瀬がゆっくり朋の指をそこに埋めていった。

「あ、あ……うぁ……」

成瀬の手に導かれるまま、指先が中に沈められていく。既に成瀬の舌で綻んでいる場所は、ずるりと抵抗なく朋の指を受け入れた。温かく、柔らかい。濡れた感触のそこは、今まで自分で触ったことなどない場所だ。そして途中まで進めると、成瀬が朋の指ごと入口を舐めた。

「あ！」

ぎゅうっと、刺激に内部が締まる。自分の内側の動きによって、指先が愛撫されているようで。気持ちよさと恐怖が、一気に押し寄せてくる。どうしよう。こんなのを知ってしまったら……こんなことを、自分でするなど……。

「そのうち、自分で解せるように教えてやる」

「っ……」

くっと、朋の指を舐めていた成瀬が笑う。考えを見透かされたような台詞と、そこにかかる息に身体が反応する。そのまま、朋と一緒に自分の指を押し込んだ成瀬が、朋の指と自分の指を使い、ぐいと後ろを開いた。

「嫌、や、やだ、あぁ……っ」

再び、舌でそこが濡れそぼつ程に舐められる。指と後ろが濡れていく感触に、腰が揺れるのを必死に堪えた。触られないまま勃ちあがった前は、とっくに張りつめ先走りが零れ出ている。

「さて、もういいぞ」

ぬかるんだそこから指を抜かれ、ほっと息をつく。自身で脚を抱えていた手も外され、キスされる。自由になった手を成瀬の背中に回し、与えられるキスに恍惚と目を閉じた。

「秋貴さん……」

「気持ちいいか？」

顔中を啄《ついば》まれながらの問いに、こくりと頷く。だが、散々煽られた腰が疼《うず》き、訴えるようにしがみついた。

熱い。身体の奥から、堪えようのない衝動が突き上げてくる。もっと。さっきまで与えられていた場所に、もっと欲しい。成瀬自身を、強く感じたい。

「あ、秋貴さん、あの……」

「なんだ？」

素知らぬ顔で口づけを続ける成瀬に、ぐっと声を詰まらせる。どうしよう、欲しいのにくれない。伝わらない。あ、と幾度か口を開きかけては閉じる。もじもじと落ち着きなく身体を動かす朋に、やがて成瀬が舌で朋の唇を舐めた。

「ちゃんと、言えたらやる」

「……っそんな！」

思わず、泣きそうな声を上げる。けれど、そのまま黙り込んだ成瀬からは、言わなければこのままだという気配を強く感じた。

なんと、言えばいいのだろう。恥ずかしさと混乱で、上手く言葉が紡げない。

「ほ、欲しい……」

結局そんな言葉しか浮かばず、たどたどしく告げる。だが、成瀬は目を細めて「何を」と聞いてきた。

「え!?」

これ以上、何を言えばいいのか。目を回してしまいそうな程焦った朋に、成瀬が意地悪く笑い朋の手を取る。そうして、自分自身へ導いた。

「……っ」

硬く張りつめた感触が、指先に当たる。熱い。ごくりと息を呑む。逞《たくま》しくそそり立ったものは、朋のものとは比べるべくもない。

これがいつも朋を掻き乱し、溶かし、そして愛してくれる……。

ぎゅうっと目を閉じ、成瀬の中心を握った。自ら脚を大きく開くとゆっくり膝を立てる。後ろを成瀬のものに擦りつけるように腰を浮かせた。

「これ、で、して……、奥……あっ！」

震えそうになる身体で、声を押し出す。勢いのまま告げたそれは、だが最後まで言い切らないうちに、成瀬にベッドに強く押しつけられ遮られた。

「……っあ、あ」

脚を肩にかけられ、ずるりと熱いものが埋め込まれる。指とは比較にならない程、大きく固いもの。途中までゆっくりと進んでいたそれがある一点を超えた時、なんの前触れもなく一気に押し込まれた。

「くっ……」

「あぁぁぁ……っ！」

身体の全てが中心に集まっていくような感覚とともに、身体の奥にある成瀬のものを締めつけていた。我知らず、堰《せ》き止めていたものを放ってしまう。

「あ、達っ……」

腹が濡れた感触と、震えが止まらない腰に、自分が達してしまったことを知る。まだ、挿《い》れられただけなのに。恥ずかしさに、ふにゃりと顔が歪む。

「……くっ。な、んだ、気持ちよかったみたいだな」

「うー……っ」

にやりと笑われてしまい、両手で顔を隠す。恥ずかしい。だが次の瞬間、休む間もなくぐいと成瀬が腰を動かし始めた。

「あ、まだ、嫌っ……！」

「悪い。今ので、やられた。一回達かせてくれ」

「え、あ、あああ……っ」

上から押し込まれるようにして、奥を突かれる。一切余裕のないその動きに、敏感になっている内側が必要以上に刺激を受け取っていく。気持ちいい、というよりも苦しい。絶え絶えに息を零していた、その時。

「や、待って……あっ！」

「くっ！」

押し殺した声とともに、成瀬のものが震える。身体の中で跳ねるそれと、奥が濡れる感触。たまらない刺激に背を浮かせ、身体を反らせた。

「は、ふ……はぁ……っ」

急激な脱力感とともに、ベッドに二人で沈み込む。達したばかりの朋は、今の刺激で再び前が反応を見せていたが、それよりも呼吸を落ち着けたかった。

「はぁ……、朋、大丈夫か？」

息をついた成瀬が、汗の浮いた朋の額から、前髪を避けてくれる。声を出せず頷いてみせれば、優しいキスが額に落とされた。

「悪い、がっついてるな」

珍しくバツの悪そうな成瀬の顔に、小さく微笑む。欲しがってくれるのが嬉しい。言葉で言わされるのは恥ずかしかったが、それでも、朋が欲しがっていると判って貰うためならよかった。ああでもされないと言えない自覚もある。

「俺も……先生と、こうしたかった」

汗を拭うように指先で顔を撫でてくれていた成瀬の手を、握りしめる。そのまま掌に頬を擦り寄せ、口づけた。

「まあ。一回やったから、次はもう少しゆっくりしてやれる」

「……、え、あっ」

甘い雰囲気を壊すような、満足気な声。握っていた手が離れ、朋の腹の上に向かった。そろりと指先で、濡れた部分を撫でられる。

「濡れてるな」

「あ、う……」

笑み混じりに、腹を撫でていた指がゆっくりと上にあがる。ぬめったもので濡らされた指先で胸の先の粒を転がされ、びくっと身体が跳ねた。硬い指先なのに、まるで舐められているような感触に戸惑う。

「……っふ」

既に一度達している身体に、ゆったりとした愛撫が与えられる。それは、熾火《おきび》のようにゆっくりと、だが確実に高い熱で身体を疼かせる。ちりちりとした刺激が全身に散らばり、どこを触られても感じてしまう。

片方の胸を舌で舐《ねぶ》られ、もう一方を爪の先で弾かれる。そして内股や、中心に近い場所を掌で幾度も撫でられた。直接的な刺激は一切与えられていないのに、さっきから勃ちあがっていた朋のものは、限界まで張りつめていた。

「う、ん……っ、せん、せ……っ」

「……戻ってるぞ」

無意識のうちに、呼び慣れた方で呼んでしまう。その度に罰だというように、指で胸先を抓《つね》られた。

首筋に舌を這わされ、吸いつかれる。軽い痛みをもたらすそれが、徐々に肩、胸、腹と下がっていく。既に喘ぎ声も絶え絶えになっている朋は、自分の全身が成瀬によって赤く染められていっているのに、気づかない。執拗に、これは自分のものだと示すように、朋の身体に印を刻んでいく。

「誰にも、やらないからな」

呟かれ、苦しさから涙の膜が張った視界で成瀬を見る。

顔を上げ、朋の顔を覗き込んできた成瀬が、ぼんやりとした朋の顔を見て優しく笑う。その甘い表情につられるように、朋も微笑んだ。

「お前は俺のものだ。相手が母親でも、誰でも。絶対に手放さないから、覚悟しておけよ。縛りつけてでも、お前の居場所はここだと教え込んでやる」

優しい笑みのまま、だが、さらりと朋を束縛する言葉を告げる。

「……——っ」

嬉しさと、その中に潜《ひそ》む微かな恐怖。けれど、それさえも歓喜となり朋の胸を満たし、心を溶かしていく。絶対的な、独占欲。それが、これ程胸に甘いものだったとは。絶対に手放せない、麻薬のような。

「うん。秋貴さんがいれば、それでいい……」

とろりと、頭から蕩かされてしまう。何も考えられないまま、ただ、成瀬さえずっと傍にいてくれればと心の底から願う。これ程朋の心を満たしてくれる人は、きっと他にいない。例え血の繋がった家族であっても、この充足感は得られない。

にこりと、全てを預けきった顔で微笑む。それに満足したように笑った成瀬が、再び唇を重ねてくる。

「は、ふっ……ん、秋、た……」

名前も呼べない程、幾度も繰り返される口づけ。口腔を支配されながら、止まっていた手がゆっくりと動き出す。丹念に朋の身体をなぞっていく指先を追うように、朋も手を下げ成瀬のものに指をかけた。

「ふ、これ……」

口でしたい。成瀬を気持ちよくしたい。そう言うように、指をかけたものを擦り、成瀬の舌に自分の舌を絡めた。言葉で言えない朋に、成瀬が僅かに唇を離し、それは今度なと笑った。

「ど、して？」

「お前ここ切ってるだろうが。そこまで開くと傷が痛む」

折角血が止まってるんだ、とぺろりと舌で口の端を舐められた。既に唇と舌には、あまり感覚がない。そうやって傷口近くを舐められ、ぴりっとした痛みが走ったことでようやく傷があることを思い出した。我を忘れているように見えて気遣いを忘れない成瀬に嬉しくもあるが、一人だけ溺れているようで悔しくもある。

「……うー」

「まあ、いつでも出来る。治ったら遠慮なくやって貰うからな」

楽しげに言う成瀬に、若干墓穴を掘ってしまったかもしれないと思う。だがすぐに、まあいいかと笑みが零れた。こんな風に幸せな気持ちで成瀬と身体を重ねられるなら、どんなことをしてもきっと幸せだ。

「なんだ、余裕だな。ゆっくりしすぎて落ち着いたか？」

「え、や、そんなことな……っ！」

そんな朋の様子に目を眇めた成瀬が、朋の中心に指を絡ませる。とろとろと蜜を零しているそれを、ぬるりと擦られ息を詰める。と同時に、手の中にあった成瀬のものをぎゅっと握りしめた。

「く……っ、朋、どうせやってくれるなら」

そこまで言うと、ぐいと朋の腕を引き、自分の身体ごと朋の身体を起こす。ベッドの上に座った状態で、正面から朋を抱えた。成瀬の腰を、膝立ちで脚を開いて跨《また》ぐような格好になった朋を、自分の方に引き寄せる。

「え!?」

そのまま、先程濡らされた場所に指を埋め込まれ、下から囁かれた。

「ここで、俺を達かせてくれ」

「……――っ!」

艶めいた声に、ずんと腰が重くなる。今まで話しながらごまかしていた身体の疼きが、一気にひどくなった気がした。

「あ、あ……っ」

後ろに埋め込まれた成瀬の指が、唆《そそのか》すように中を擦る。一度解され濡らされたそこは、少し触れれば再び柔らかく綻ぶ。

ゆっくりと。腰を促すように掴まれ、膝を落としていく。猛ったものの先端が後ろに当たり、ずるりと成瀬の指が引き抜かれた。

「……っあ、あ、やぁ……っ」

成瀬の肩を両手で掴み、徐々に身体から力を抜いていく。だが、相手から入れられるのと自分で入れようとするのでは、躊躇い方が違う。開かれていく恐怖と、ゆっくりとしか進まない焦れったさ。その両方が混在し、なぜか無性に泣きたくなってしまう。

濡れた熱いものが押し入ってくる感触は、自ら迎え入れようとしている分、いつもより強く感じられた。内壁を先端が擦る感覚と、圧迫感。次第にがくがくと脚が震え始め、膝から力が抜け落ちそうになってしまう。

「ま、だ……？」

「まだだ。あと、もう少……しっ」

「あ、奥……――っ」

ぐいと、残りを成瀬に押し込まれる。成瀬にしがみついているものの、完全に膝から力が抜け、座り込んでしまう形となる。根本から銜《くわ》え込んだものは、自重があるせいかいつもよりずっと奥まで届いている気がした。

「あ、凄……っ」

身体の中全部を、成瀬のものが支配している。そんな気がしてしまう程の存在感。どくどくと脈打つものを体内に感じ、朋は息苦しさと押し込まれた熱に喘いだ。

「熱……っ、もっと、秋貴さ……っ」

熱に浮かされるように、腰を揺する。もっと、もっと。身体全部で成瀬と一つになりたい。そんな衝動に駆られ、胸も中心も、全てを成瀬の身体に擦りつけた。

「も、っと……あ、あぁ……っ！」

「朋……っ」

そうして与えられたのは、目も眩《くら》むような快感。下から突き上げられ、奥に埋め込まれたもので中を擦られる。それに合わせるように朋自身腰を動かし、しがみついた成瀬の背に爪を立てた。

やがて再び背中からベッドに沈み込まされ、思う様蹂躙《じゅうりん》される。

「あ、秋貴さん、秋貴さ……あ……っ！」

「朋っ」

与えて、与えられて。そんな充足感に満たされ、成瀬に身体と心全てを明け渡していく。何もかもを溶かされ、成瀬の存在だけが朋の全てになって。幸せな感覚に、このまま時が止まってしまえばいいのにとさえ思う。

そうして互いに最後の放埒《ほうらつ》を迎えた後、心地好い脱力感とともに二人で身体を寄せ合う。ゆったりと優しく朋を包み込む、成瀬の温かい腕。もう二度と、この温かさを離すまい。そう誓うかのように、朋はその背に腕を回し、しっかりと抱きしめ続けた……。


二日後、事務所に行った朋は、成瀬の執務室で佳織と二人で対面した。どうしても、二人だけで話をさせて欲しいと佳織から請われたらしい。

朋の肩を叩き成瀬が執務室を出て行くと、たちまち気まずい沈黙が室内に満ちた。佳織と顔を合わせるのは、先日成瀬との関係を問い詰められて以降初めてで、なんと言っていいのか判らない。

「ごめんなさい！」

「いえ、あの！　頭を……っ」

正面から頭を下げられ、慌てて佳織の頭を上げさせる。成瀬との関係を横に置いておけば佳織自身に思う所はなく、謝られてしまうと逆に困ってしまう。

本当に困った顔をしてしまったせいか、正面から朋を見た佳織が、申し訳なさそうな顔をしつつも頰を緩ませた。

だがすぐに表情を改めると、再び朋に「本当に、ごめんなさい」と頭を下げた。

「あの日貴方に言ったのは、完全に八つ当たりなの。だから、ごめんなさい」

佳織には、つい最近まで恋人がいたらしい。成瀬の母親とは親しくしているため、佳織に恋人がいることもそちら経由で成瀬は知っていたのだという。

だが少し前に、相手がヨーロッパの支社に転勤になることが決まり、それと同時にプロポーズされたのだそうだ。けれど相手方の家族に猛反対を受け、結果それに負ける形で佳織から別れを告げたらしい。

「私ね、産まれた直後に捨てられていて、身寄りがないの」

「え……？」

「相手の家族の反対理由が、それで。あちらがある程度の資産家だったこともあって、反対が凄かったの。相手は構わないって言ってくれたし、家族からも守ってくれていたけど。やっぱり、私が耐えられなかった……家族を捨ててもいいって言ってくれたから、余計に」

家族というものを持たない自分が、相手に家族を捨てさせるようなことはしたくなかった。そんな佳織の言葉に、朋は俯く。その気持ちは、痛い程よく判ったからだ。

「家にされていた悪戯は本当だったけど。人の家に押しかける程ではなかったの。でも成瀬のおば様に勧められて、やっぱり気味が悪いのはあったから、駄目元で頼んでみようかなって思って。断られても久々に友人の顔が見られたら気分転換にはなるし、相談くらいは出来るかなって」

でも、と佳織が苦笑する。

「久しぶりに会ったら、私に対する態度は相変わらずなのに貴方への反応が段違いで。びっくりしちゃった。一緒に住んでみたら、別人みたいに気にかけてるし。まあでも、こんな面もある人ならやり直すのもいいかなぁって思ったんだけど」

それに自分の時はほとんど放置だった男が、十歳以上も年下の、しかも男に対して、見たこともないくらい気遣い甘やかしている雰囲気を感じ取ってしまえば、悔しさで無駄に対抗意識が芽生えてしまったのだという。

「……っ」

言葉を詰まらせた朋に、あっさり笑って佳織が手を振った。

「ああ、でも大丈夫よ。本当に馬鹿みたいな対抗意識だったたし。やり直そうかって言ったら、即答で断られたから」

「え？」

「自分にはもう恋人がいるし、それに、私のそれは単なる逃げだろうって」

「逃げ……」

「楽な道を選んで、あの時ああすればよかったたって思うなら、やること全部やってから後悔しろって言われたわ」

どのみちもう俺の手は塞がっているから、愚痴聞き相手ぐらいにならなってやる。そう言われたそうだ。

「男同士なのに、櫻井君はともかく成瀬には全然隠す気がないんだもの。そもそも私が疑い始めたのだって、成瀬の甘やかしっぷりからなのよね。その上北海道に行く時だって、言うに事欠いて私に、櫻井君に何かあったら連絡しろって言い置いていくくらいなのよ」

周囲に反対され負けてしまった自分と、周囲に決して祝福されないだろう関係なのに相手から堂々と守って貰っている朋。そんな姿を見て、つい八つ当たりをしてしまったのだという。

（ああ、だから……）

佳織に責められたあの時、なんとなく、責めている対象が朋一人ではない気がしたのだ。

あれは多分、周囲に負けてしまった自分自身に向けられた言葉でもあったのだろう。

「ていうか、確かに私は最初に『彼女』はいないわよね、って聞いたわよ。だったら恋人なら いる、くらいは言いなさいよねって思わない？　思うわよね、全く」

最後は成瀬の愚痴になったらしく、ぶつぶつと文句を言い始める。そんな佳織の態度に、呆気にとられてしまう。若干性格が違うような気がするのだが気のせいだろうか。怯えて、成瀬を頼りにしていた、あの心細そうな表情が微塵も見当たらない。

唖然としている朋を見て、佳織がふと苦笑する。

「櫻井君、あの時、私に一言も言い返さなかったでしょう？」

「あ……――」

あの後、成瀬から怒鳴られたのだという。あれは大人の八つ当たりを受け続けてきたから、我慢の許容量が桁違《けたちが》いなんだと。もしまだあれを傷つけるようなことを言うなら、二度と顔を見せるな、と。そう言われたらしい。

「あんなに怒った顔、初めて見たわ。びっくりしたけど……大事にされてるわね」

「いいえ！　そんな、あの」

羞恥に顔を赤らめれば、くすりと笑った佳織があのね、と続けた。

「私があの人と別れた理由は、あの人が安定を捨てたから。私は大きくなったら、安心して暮らしたかった。色恋より、生活の方が大事だった。まあようするに、あの人自身の何かに惹かれていたわけではないのよね、今考えれば」

「……――」

　年を経て自分で生活することが確立できた頃、そんな考え方も徐々に変わり、先日別れた恋人と出会った。

「私が『人を見て』選んだのは、今好きな人だけなの。そしてね、成瀬が私を選んだ理由も『面倒じゃないから、手がかからないから』っていうだけなのね」

　煩くしない、独立心があるから手もかからない。面倒臭くない。そんな相手だったら、誰でもよかったのだと。

「多分、成瀬が『面倒臭くない』以外の理由で選んだのは、貴方が初めてなんじゃないかしら」

「あ……――」

　そして、もう一度だけ別れた恋人とちゃんと話してみると言い、佳織はまたねと笑顔を残して去っていった。


　結局佳織に嫌がらせをしていたのは、佳織の恋人のことが好きだった、恋人の同僚の女性だったらしい。転勤が決まった時に告白したがあっさりと振られ、別れたことを知らず佳織を恨んでいたそうだ。

成瀬が北海道から戻ってきた日、成瀬に言われ自分のマンションに帰った時、玄関前で本人と鉢合わせたのだという。しばらく佳織が留守にしていたことは知らなかったらしく、今まで見つからなかったことで油断もしていたのだろう。以前偶然会った時に、恋人から同僚だと紹介されたことがあったため、佳織がすぐにぴんと来て問い詰めたのだそうだ。

「嫌がらせ自体も、怪我をさせるようなものではなかったからね。とりあえずドアの修理代その他諸々を慰謝料として請求して、話し合いで済んだよ」

以前現場検証もして貰っており、指紋や足跡などの物的証拠は残っていたそうだ。本人も、佳織に問い詰められた時点で白状していたため、さほど揉めずに片付いたという。思い込みの激しいタイプで、おかしな行動力はあれどいざという時の度胸はなかったと、佳織が呆れていたらしい。

「あちらも、外聞が悪いことを会社で広められたくはなかったみたいでね。丁重な話し合いで済んだよ。これからのこともあるしね」

にこにこと、成瀬の執務室の応接用ソファに座りそう言った木佐に、正面に座った朋がはぁと乾いた笑いを漏らす。丁重に、何を話したのか。その辺りは、あまり気にしないことにする。

ちなみに、そんな朋の隣には直が座っている。結局あれからずっと木佐が預かっていたのだが、事態が落ち着いたため、朋に会わせるために事務所に連れてきたのだ。また作ったのか、手にはてるてる坊主を握っている。そして、なぜか離そうとしない。

「あいつのことはいい。それより、あの男の件は片付いたのか」

成瀬が、不機嫌そうに煙草を銜えて言う。事務所内で唯一喫煙可能な自分の執務室にいるため、煙草にはしっかりと火もついている。ただし直がいるためか、そこに灰皿があるためか、ソファから少し離れた執務机の前に立っていた。空調がその近くに設置されているため、朋達の方に煙は流れてこない。

成瀬を一瞥した木佐は「はいはい、片付いたよ」と肩を竦めた。

「お前が朋君を家に引きずり込んで、ろくでもないことしてる間に、ちゃーんと片付けておきました。今回珍しく自分で動いたと思ったら、後片付けはしっかり回してきたな」

木佐の言葉に、声もなく朋が俯く。確かめなくても顔は真っ赤になっているだろう。木佐の言う『ろくでもないこと』が間違っていないだけに、居たたまれない。

だが成瀬は、そんな木佐に平然と笑ってみせる。

「手を貸すって言っただろうが。片付けだけで済んだんだ。ありがたく思え」

「なーにが、ありがたくだよ。言ったから、お前がじい様の相手をしてる間、お前の仕事も代わってやっただろう？　全く。昔からそうだけど、似てないようで似てるよ、お前と親父さん。我が道を押し通そうとする性格なんか、そっくりだ」

似たもの同士だから喧嘩するんだよ、馬鹿だよねぇ。と、にこやかに朋に同意を求めてくる木佐に、なんと答えればいいものかと笑ってごまかす。

我が道を押し通す。ついそこに納得してしまいそうになった時、横から「おい」と成瀬の低い声がした。

「つうか、木佐。お前ろくでもねぇこと、朋に言うな。おかげで余計面倒臭くなっただろうが」

「ろくでもない……ああ、もしかして朋君が、歴代の成瀬の恋人とタイプが違うってあれ?」

歴代——という言葉を使う程いたのか。一体何人いたのだろう。考え込んだ朋を、成瀬が胡乱《うろん》な目つきで見遣る。

「おい朋。お前、真面目に考えるな」

「あはは。今までとタイプが違うからこそ、本気の初恋みたいなものだって、言いたかったんだけどねー」

「……——っ」

楽しげに笑う木佐に、今すぐこの場から逃げ出したい衝動に駆られた。先日ベッドの中で似たようなことを成瀬に言われたのを、思い出してしまったのだ。

『ここまで本気になったのは、お前が初めてだからな』

だから、自分がどこまで束縛するか判らない。覚悟しておけよ。そんなことを言われ、うっかり喜んでしまった。そんな自分を冷静になった頭で思い返せば、恥ずかしくて穴があったら入りたいくらいだ。

「まあ冗談はさておき。椋木の件は、一応、示談ということにしておきました。よかったかな? 朋君」

ふと、仕事時の声に戻した木佐が、真っ直ぐに朋を見る。そんな木佐に、背筋を伸ばして深く頭を下げた。

「はい。本当に色々とありがとうございました。飯田さんにも……」

「いえいえ、どういたしまして。朋君のお母様の件に関しては、実際問題、僕達に出来ることは少なかったからね。このくらいは、やらせて貰うよ」

優しく微笑んだ木佐に、もう一度ありがとうございますと告げる。

あの後、椋木を事務所に連れていった木佐達は、椋木のマネージャーを呼び出し交渉したのだという。経緯は、成瀬から木佐達に一通り知らされており、飯田に頼んでいたドレスの鑑定の件でも、ドレスに付着した髪の毛が見つかっていたそうだ。

ただ、それらの鑑定をするまでもなく、椋木は最終的に全てを認めた。そのため、椋木の証言を録音し、証拠を木佐達が保管すること、二度と朋や月花に関わらないこと等を正式な文書にして残しておいたのだという。

「一応、もし今度何かあったら、これ全部警察に提出するって脅しておいたから大丈夫だとは思うよ。本人も、最後は憑《つ》き物が落ちたみたいに冷静になっていたしね。朋君に電話で言われた言葉で、頭が冷えたんじゃないかな。ずっと黙っていたけど、あれから全部話し始めたしね」

最後に言った言葉。それに、朋は苦く笑った。

『貴方が好きだと言ったのは、俺の母親ですか？　それとも月花ですか？』

あの日の翌朝、成瀬が木佐達と電話で話している時、近くに椋木がいると聞き代わって貰ったのだ。月花という女優の影を追っている椋木に、一つだけ言っておきたいことがあったからだ。

『月花という女優は、もうどこにもいないんです』

それだけを伝え、朋は成瀬に電話を代わった。その後椋木は、しばらくの間黙り込み、木佐達に朋に謝罪しておいて欲しいと言ったのだという。

人気が低迷し、若手にいい役を奪いとられていき。けれど過去の人気やプライドから、出演する番組や映画を選び続けた。そうして仕事が徐々に減っていくという悪循環を繰り返していた時、朋に出会った。

月花とは、デビューして間もない頃に共演したことがあるらしい。おおらかで優しくて、明るくて。けれど演技に対してとてつもない情熱を持っていた人だと、椋木は言っていた。

役者として尊敬し、憧れ。月花の演技に触れて助言を受けることで、新人だからといって容赦されない厳しい世界で希望を得たのだという。いつか、この人と並び立つ程の役者になろう。そう、思ったのだそうだ。

ただ一方で、共演後もずっと親しくしていたにもかかわらず、プライベートには絶対に踏み込ませて貰えなかった。この人の、全てを知りたい。そんな若者らしい青さで恋心を抱えいつか告白しようと思っていた矢先、あの事件が起こったのだ。

目の前から、尊敬していた人と好きだった人を同時に奪われ、途方に暮れた。それでもその姿を目標にし続け、人気を得たのに、それも奪われ始めた。

そんな時、朋と出会い月花の息子だと確信し、再び会いたいと思った。会って、また話すことが出来れば、この状況を打開出来るかもしれない。そんな幻想に囚われた。

だが朋は、月花の居場所を頑《がん》として教えてはくれず。その上、映画の主演という久々の大仕事が、発表直前にプロデューサーの意向で白紙に戻されてしまった。

そして代わりに選ばれたのは、同じ事務所の新人。若手で人気急上昇中のその新人は、演技については自分と比べるべくもなく。そんな相手に、再起をはかろうと思っていた大きな仕事を奪われ。切羽詰まった精神状態の中、月花に会いたいという思いは、月花に会えれば光明《こうみょう》が見えるという思いに変わった。

朋に、月花宛ての贈り物を渡せば、月花の所に行くだろう。中を見れば、誰宛のものかは判るはずだ。自分からだと判れば警戒するかもしれないから、メッセージは入れない。そんな計画を立てた頃には、既に自分の考えが破綻していることにも気づく余裕がなくなっていたのだろう。

当初警察に行くと言ったが、それは朋も望んでおらず、ならば木佐達の条件を全て飲み慰謝料を払うことで話が落ち着いた。椋木に対しては、相変わらず恐怖の方が強い。だがそれでも、母親の知り合いならば、幻想にしがみつかずにいて欲しいとは思う。

「まあ、あれは自分のプライドの高さで追い詰められたんだろうから、同情の余地はないね。これから心を入れ替えるかどうかは、本人次第かな」

さて、辛気《しんき》臭い話はこれで終わり。そう締めくくった木佐は、朋の隣に座る直に視線を遣ると、握りしめたものを見てやれやれと嘆息した。

「なーお。お前、そろそろ、それ離してもいいと思わないか？」

木佐の声に、ちらりと視線を上げた直が、ふるふると首を横に振る。それを見て成瀬がどうしたあれ、と問う。

「それがねぇ、母親の実家に連れていった時に童謡の本を見つけてね。従姉の父親——直の祖父さんが調子に乗って、直に歌って教えてたんだよ」

そこまではよかったのだが。従姉から、最近知り合いにてるてる坊主の作り方を教えて貰ったのだという話を聞いた直の祖父が、これも調子に乗って歌って教えた。

「あの歌の歌詞、朋君全部知ってる？」

「え？　いえ、最初の方の有名なフレーズだけしか」

木佐に問われ、知りませんと素直に答える。昔から、他の部分はあまり耳にしなかった気がする。そう思っていると、何かに気づいたのか成瀬がくくっと笑った。

「ああ、そういうことか」

「あれねぇ。最後の歌詞が、小さい頃に聞くと、子供によっては怖がるかなって」

その内容を聞いて、朋が口元を引き攣《つ》らせる。そして教えた方は、ご丁寧に迫力満点の演出までつけて、きっちり最後まで歌ったらしい。

「それで直が、歌を聞きながら作ってた『それ』を離さなくなっちゃったんだ」

木佐が指した場所にあるのは、大事そうに握りしめられた白くて小さなてるてる坊主。それに苦笑し、隣に座る直の頭を優しく撫でた。自分の部屋に飾られている、直から貰った同じものを思い出し、微笑む。

「ねえ直。それ、部屋に飾っておいてあげたらどうかな。それに、もし吊して次の日雨が降っちゃったら、こっそり外して飾っておこう？」

そうしたら、雨が降ってもてるてる坊主のせいじゃないよね。我ながら変な理屈だと思う提案をしてみれば、直がじっと朋を見た。そうして、しばらく朋と手の中のてるてる坊主を交互に見ると、小さく頷いた。とん、と大事そうにテーブルの上に置いたそれに、偉いねと頭を撫でてやる。

「……なあ、成瀬。お前、そのうち絶対に尻に敷かれると思うけど」

「煩い黙れ」

木佐と成瀬の会話に、なんのことだと二人を見れば、わざとらしい笑顔で木佐がなんでもないよと手を振った。成瀬を見れば、どこか面白くなさそうな顔で他所《よそ》を向いている。

（あれ、先生機嫌悪い？）

さっきまでは普通だったのに。成瀬を窺うように見ていれば、それに気がついた木佐が笑う。

「朋君。あれは気にしなくていいよ。大方、君が直に構ってるのが面白くないだけだから」

「……っ」

からかいの言葉に、いつものこととはいえ、どういう顔をしていいか困って俯く。そしてふと、あることを思い出し笑う。突然くすくすと笑い始めた朋に、木佐と成瀬が驚いたように目を瞠った。

「どうしたの？」

「そ、そういえば昔……母さんと一緒にこれを作ったことがあって。でも母さん、絶対に吊さなかったんですよね。どうしてって聞いたら、雨がやまなかったら可哀相だからって。あれ、もしかしたら今の直と一緒だったのかな」

くすくすと笑いを漏らし、けれどなぜか胸が詰まり、鼻の奥が痛くなる。

笑いが止まり、俯いたまま目尻に溜まった涙を零さないように堪えていれば、不意にぽんと頭の上に大きな掌が乗せられた。同時に横からも、小さく温かな手が、ひたりと頭に当てられる。

それらに驚きつつも、温かなものに心が満たされ、一筋だけ涙が頬を滑り落ちた。

『今度、一緒に会いに行こうな』

そう言ってくれた成瀬の声が、蘇る。そうして幸せな気持ちのまま涙を拭うと、朋は両側から慰めてくれた二人に微笑んでみせた。

あとがき

こんにちは、または初めまして、杉原那魅です。この度は、拙作をお手にとって頂き誠にありがとうございます。

この本が発売される頃には、東日本大震災から三ヶ月が経っているかと思います。被災された皆様に心からお見舞い申し上げるとともに、今はただ、一日も早く安心して暮らせるようになることを祈るばかりです。

ありがたくも出して頂けた三冊目の文庫は、再び木佐法律事務所となりました。これも一重に、前作を読んで下さった皆様のおかげです。本当にありがとうございます。というか、そろそろこの人達書いても大丈夫ですか的な気分なのですが……。

このお話、一冊目の二人、成瀬と朋がメインとなっています。お話を頂いて、改めて二人のその後を考えて。ぼんやりとこういう話、というイメージはあったのですが、プロットを書いていたら中身がかなり変わってしまいました。それでも明るい方向に変わったと思うので、これはこれでよかったかと。

むしろ、中身よりタイトルに苦心し。一冊目の甘めな雰囲気に合わせるということで、編集様とご相談させて頂きつつ、甘味増量に躍起になっておりました。タイトル通り成瀬のべタ甘具合は相変わらずなので、少しでも楽しんで頂ければ嬉しいです。お話自体は、もう少

し真面目なものになっているかと思います、多分（笑）

それから今回、行数を増やしてのお届けとなるようです。初稿では前作よりページ数が少なかったのですが、直しているうちに変わらず、というか超えそうな勢いで。何故。

挿絵をご担当下さいました、汞りょう先生。カバーの二人が幸せそうで、見ていて嬉しくなりました。今から本の出来上がりが楽しみでなりません。このお話を書くことが出来たのも、先生がキャラ達を素敵にして下さったおかげです。お忙しい中、本当にありがとうございました。

担当様。いつもお手数をおかけしております。成長が見せられればと思いつつ、毎回思っているだけのような気が。そしてもう少し、すぱっと決められる人間になりたいです。主にタイトル……。気持ちだけは前向きに頑張りますので、これからもよろしくお願い致します。

最後に、この本をお手にとって下さった全ての方に感謝を。こうした機会を頂けるのも皆様のおかげです。またお目にかかることが出来ましたら、その時はお付き合い頂ければ幸いです。

この本が、日々の生活の中で、少しでも気分を変えられるものになりますように。

杉原那魅　拝

LiLiK Label

この本を読んでのご意見、ご感想などをお寄せください。
杉原那魅先生、汞りょう先生へのお便りも
お待ちしております。

〒162-0814　東京都新宿区新小川町8-7
株式会社大誠社　LiLiK文庫編集部気付

大誠社リリ文庫

弁護士はひそかに蜜愛

2011年6月22日　初版発行

著　者　杉原《すぎはら》那《な》魅《み》
発行人　柏木浩樹
編集人　小口晶子
発行元　株式会社大誠社
〒162-0813　東京都新宿区東五軒町5-6
電話03-5225-9627（営業）
印刷所　株式会社誠晃印刷

ISBN978-4-904835-33-3　C0193

LiLiK文庫１周年記念
書き下ろし小冊子応募者全員プレゼント

＜小冊子応募方法＞

：リリ文庫 2011 年 4・5・6 月刊の帯についている応募券各月 1 枚ずつ合計 3 枚を便せん等に添付してください。
＊応募券のコピー 及び 同じ月の応募券の重複は不可。
＊応募券は、はがれないようにしっかりと貼ってください。

A の応募券を貼った便せん等に必要事項を記入してください。

・郵便番号　　　　　　　・お電話番号
・ご住所（フリガナ）　　・メールアドレス
・お名前（フリガナ）　　・ご職業

上記の便せん等を封筒に入れて、ご応募ください。

＊封筒の裏には、必ずリターンアドレス（ご住所）を明記してください。
＊ご応募はおひとり様何口でも申し込んでいただけますが、ひとつの封筒には一口分のみでお願いいたします。
＊応募に不備があった場合には、全員プレゼントの対象とはなりません。

＜応募宛先＞

〒162-0814　東京都新宿区新小川町 8-7
（株）大誠社　リリ文庫編集部「1 周年記念小冊子」応募者全員プレゼント係

＜応募締切＞

2011 年 7 月 12 日（火）（当日消印有効）

＜発送＞

2011 年 11 月より順次発送予定

＊フェア及びプレゼントの小冊子に関してのご質問は、サイトトップページ下部「お問い合わせ・ご感想」のメールフォーム、もしくは lilik@taiseisha.jp のアドレスにて受け付けております。
＊お電話でのお問い合わせには対応しておりませんので、悪しからずご了承ください。
＊また当フェアに関して、小説家・イラストレーターの先生方へ直接のお問い合わせはなさらないようにお願いいたします。
＊ご記入頂いた個人情報は厳重に管理し、「1 周年記念小冊子」の発送以外では使用いたしません。

大誠社リリ文庫サイトアドレス：http://www.taiseisha.jp/lilik/

小冊子執筆予定：七地寧・西野花・凪良ゆう・五百香ノエル
宇宮有芽・オハル・杉原那魅（敬称略）